泠泠之音

泠昑 ◎ 著

国际文化出版公司
·北京·

图书在版编目（CIP）数据

泠泠之音 / 泠昑著. —北京：国际文化出版公司，
2022.2
ISBN 978-7-5125-1369-3

I. ①泠… II. ①泠… III. ①散文集－中国－当代
IV. ① I267

中国版本图书馆 CIP 数据核字（2022）第 017371 号

泠泠之音

作　者	泠　昑	
责任编辑	王逸明	
出版发行	国际文化出版公司	
经　销	全国新华书店	
印　刷	天津中印联印务有限公司	
开　本	880 毫米 ×1230 毫米	32 开
	7 印张	150 千字
版　次	2022 年 2 月第 1 版	
	2022 年 2 月第 1 次印刷	
书　号	ISBN 978-7-5125-1369-3	
定　价	42.00 元	

国际文化出版公司
北京朝阳区东土城路乙 9 号　　　　　邮编：100013
总编室：（010）64271551　　　　传真：（010）64271578
销售热线：（010）64271187
传真：（010）64271187-800
E-mail：icpc@95777.sina.net

善良的人，总易被感动，因为他们有一颗绵润的，充满爱的心。具有了一颗绵润的，充满爱的心，才易感受到轻柔的、细腻的、真切的人性之美，自然万物的潜在之美，人间生灵无处不在的情与意……

目 录

Contents

〔肆〕

斑斓人间，情与爱

〔玖〕

细语心声

辉耀千秋

为了国家存亡、社会公允、人民幸福，不惜牺牲的志士们，

你们是中华民族最优秀的儿女。你们对信仰的追求纯粹又纯粹。

你们是一群特殊的、具有高贵灵魂的人。

辉耀千秋

　　周恩来，人民这样深情地称呼您——人民的好总理。您的面庞是那么英俊，您的身姿是那么挺拔，您的举止是那么优雅。您温婉中带着刚毅，您柔和中带着坚定。您对信仰的忠诚坚如磐石，您心中永远盛着对祖国和人民无比深沉的爱。肩负着国家重任的您，为了这爱耗尽了毕生心血，为了这爱鞠躬尽瘁死而后已。您走了，举国悲恸，天地哀泣。您的离去，让您深爱着的人民，如此难舍，再难舍……您虽早已逝去，却音容宛在。您是人民的儿子，永远活在人民心中！

　　邓颖超，人们这样亲切地称呼您——邓大姐。您为了祖国的命运，人民的希望，信仰了共产主义，并为此奋斗了一生。您为国为民不惧生死，您是无畏的战士！您以博大的胸怀，紧紧拥抱着您热爱的祖国和人民。您的朴实、温厚、热忱，暖了世人的心。人们由衷地爱戴您！

　　周恩来、邓颖超，你们同是共产主义坚定的信仰者、忠诚的共产党员。你们是终生相亲相爱的伴侣、心心相印的战友。你们将自己的一生毫无保留地奉献给了伟大的共产主义事业。无论是在为拯救积贫积弱的旧中国、寻求真理唤起民心的觉醒年代，还是在为了民族存亡、抵御外寇侵略、赴汤蹈火的战争年代，抑或是在振兴中华、砥砺奋进、一往无前的和平年代，为了国家的繁荣富强，为了人民的安宁幸福，为了坚定的信仰，你们奉献了一生。你们是有着高尚情操精神的人，你们是光明道路上的指引，你们是中华民族的脊梁，你们是中华民族的骄傲！

你们互称，恩来与小超，在这暖心的称呼里，溢满了绵绵的爱意。中南海"西花厅"，有你们共同珍爱着的海棠花，清丽的海棠花见证了你们相濡以沫的时光……恩来，您的小超在您离世多年后，还为您写下了《西花厅的海棠花又开了》一文；在字字满含深情的文字里，在娓娓道来的述说中，回忆着你们难忘的过往，寄托着对您深深的思念……

你们不但有着坚定的信仰，亦有着一世的爱恋；共同坚定的信仰，是这一世爱恋的根基。在这一世的爱恋里，满含着纯真的欢悦，细腻的柔情……每每想起，你们互往信函中，那一千次，一万次的吻，都让我感动不已……

你们是坚定信仰的守卫者，你们是无私无畏的奉献者，你们是伟大的共产主义战士！你们为了坚定的信仰奋斗了一生，你们还拥有着一生沁心至美的相守；这沁心至美的相守彰显着伟大的人格，谱就了一世的爱恋。

坚定的信仰，一世的爱恋；百年风华，辉耀千秋！

永葆长青

雷锋，一个没有感天动地壮举的英雄，一个顶天立地、平凡而又伟大的人。他脚踏实地，一步一个脚印，在点点滴滴的行为中，践行着为国为民的初心。一个普通一兵，用他自己短暂的一生，书就了伟大的人生，诠释了伟大出于平凡的真谛。

在他朴实的语言里，常常含有深刻的哲理。在他质朴的情感里，拥有着无私的大爱。在他一篇篇的日记里，处处闪耀着思想的光芒，明亮着人们的心灵；处处吹拂着和煦的春风，温暖着人们的心怀；处处播洒着雨露的甘霖，润泽着人们的心田。

他年轻的脸上总是洋溢着青春的笑颜，如同绽放的青春之花，充满着动人的活力，散发着动人的美好。他年轻的生命，如同正在节节生长的青竹，那样鲜活，那样蓬勃。这朝气蓬勃、鲜活的生命骤然逝去，令人痛惜……

生命逝去，不可挽；可他的精神，却如刚劲的苍松翠柏，挺立天地，永葆长青！

不应忘却的记忆

　　田间①，一个简朴中含着诗意的名字，一个已离我们远去，被人们渐渐淡忘了的名字。他，一个从皖域乡间、从战争硝烟中走出来的诗人。他那带着乡土气息的诗句透着质朴的清新，透着铿锵的激情，透着别样的浪漫。因喜诗人朴实的诗风，又敬重诗人的人品，早在 20 世纪 80 年代初，我曾将自己的几篇习作小诗，冒昧地寄给了他，想碰碰运气，看看能否有幸得到老诗人的点拨。没想到他真的回复了。我欣喜万分，复函致以了深深的谢意后，又再获回函。老诗人对我的习作给予了中肯的指点。老诗人对晚辈的希冀与尊重，让我深为感动。我本想找机会再去拜望他老人家，谁知收到回函不到两年，老诗人就离我们永去了。未能拜望他，成了我终生的遗憾。

　　诗歌的风格多样，可如皎洁月下般的幽柔缠绵，可如慧思哲人般的深邃精粹，可如烈焰焚烧般的猛烈炙热，可如流云飘逸般的朦胧浪漫。然而田间的诗句超然于一般的诗风，多了直

---

① 田间（1916—1985），原名童天鉴，安徽省无为县开城镇羊山人，著名诗人。

接的力量，少了委婉的含蓄。这是诗人面对敌寇的侵略、人民的悲苦发出的吼声，是深重灾难凝就起的民族呐喊。看着国土被侵、生灵涂炭，他奋笔写下了《给战斗者》《假如我们不去打仗》《坚壁》等诗篇："……/ 不能 / 屈辱地活着 / 也不能屈辱地死…… / 战士的坟场 / 会比奴隶的国家要温暖 / 要明亮……""假如我们不去打仗 / 敌人用刺刀 / 杀死了我们 / 还用手指着我们的骨头说 / 看 / 这是奴隶……""狗强盗 / 你要问我么 / 枪、弹药 / 埋在哪儿 / 来 / 我告诉你 / 枪、弹药 / 统埋在我心里！"这些充满英雄气概的诗篇，如战场上冲锋的号声，句句饱含着诗人绝不亡国的壮志、以身赴死的决然。伟大的爱国主义战士、诗人、学者闻一多先生誉他为"时代的鼓手""擂鼓的诗人"，赞他的诗："这里没有弦外之音，没有绕梁三日的韵味，只是一句句质朴干脆、真诚的话，简短坚实的句子就是一声声的鼓点……响亮而沉重，打入你的耳中，打在你的心上，鼓舞你的爱，鼓动你的恨，鼓励你活着。"现代著名作家、文学评论家、社会活动家茅盾先生赞他的诗："飞进的热情，新鲜的感觉，奔放的想象。"现代著名小说家、散文家、"荷花淀派"的创始人孙犁先生定义他为"一个勇敢的，真诚的，夜以继日，战斗不息的战士"。他确是一个有着良知大义、敢于担当的民族诗人，为了民族的存亡，为了人民的解放，呼吁和呐喊！

　　诗人有着对民族大爱的情怀，这爱深似海，重如山。曾作为战地记者的诗人，以他朴素、直接、凝练而又铿锵的诗句，警醒着、呐喊着、怒吼着。他将民族良知的大爱大恨表达得如此鲜明决绝。

他那明快、简练、有力的诗句脍炙人口，几十年后，战地的老百姓仍能记得。他的诗鼓舞、激发着中华儿女为民族存亡而战的决心，永存而不朽。

永不却步

高士其[1]，一个极其聪慧的人，一个极其顽强的人，一个极其乐观的人，一个极富浪漫想象的人，一个极富幽默天性的人，一个极富科学情怀的人。他具有非凡的，能在极度苦难中乐观奋起的涵慧大勇。他是个有着坚韧生命活力、有道义、有担当、有良知的一代学人。

1925 年，年少的他便从北平清华留美预备班毕业，并获得英语、国语、化学等各科优等奖章，后赴美留学。1927 年毕业于芝加哥大学化学系，获学士学位。本想报考化学系研究生的他，因姐姐突发疾病离世，转而报考了芝加哥大学医学研究院。之后，在一次研究脑炎病毒试验的过程中，不幸被病毒侵袭，至此身染重疾。他拖着病体，不仅坚持读完了医学研究院的博士课程，还积极参加了大量的社会活动。1930 年，他在回国途中绕行欧亚十几个国家，亲眼见到他国的发达与祖国的落后之巨大差距。这让他产生了强烈的使命感。立志报国成了他终身的使命。

---

[1]　高士其（1905—1988）逝世后，中组部确认他为"中华民族英雄"。国际小行星命名委员会也将 3704 号行星命名为"高士其星"。

回国后不顾身疾日渐加重，在与日益猖獗侵害百姓的疫病鏖战的同时，还不懈抵御着当政的腐败，抗争着社会的黑暗。他宁愿做个失业者，也绝不屈就。他广结爱国名士，与创办"读书生活社"的李公朴、《大众哲学》的作者艾思奇等成为挚友。他应倡导"科学大众化运动"的著名教育家陶行知之邀与他人共同编写了"儿童科学丛书"，为正处苦难中的祖国播撒着明日科学的种子。

他将缠身的疾病视为"小魔王"，将腐朽的旧社会比作"大魔王"。他用笔作刀枪与"魔王们"展开了搏杀。因病致残的他，握笔的手不停地颤抖，书写每一笔都十分艰难，可他硬是凭着罕见的意志，撰写了一系列科学小文如《细菌的衣食住行》《我们的抗敌英雄》《菌儿自传》《细胞的不死精神》《伤寒先生的傀儡戏》《霍乱先生访问记》《听打花鼓的姑娘谈蚊子》《抗战与防疫》等。他用智慧幽默、富有想象力的笔触，深入浅出地解析着科学知识；用正义犀利、极具胆魄的文字，痛骂时弊，唤醒民知。仅在1935年到1937年两年多里就发表了近百篇科学小文。他的作品文采飞扬，见地高卓，别有洞天。

他于1937年11月25日，砥砺艰辛到达了革命圣地——延安。他在延安得到了毛泽东、周恩来、朱德等领导人无微不至的关怀。这显示了共产党对第一个投奔延安参加革命的留美科学家、科普作家的尊重。1939年1月，他加入中国共产党；后因身疾恶化，被送回内地治疗。在此期间历经磨难屈辱，党的关怀始终相伴。这一时期，他写下了一篇又一篇针砭时弊的战斗诗文，如《黑暗与光明》《光明还没有完全来到》《我的质问》《我们还在彷徨》《我的原子也在爆炸》等。

1946 年 4 月 8 日，共产党的重要领导人叶挺、王若飞因飞机失事不幸遇难。他以诗作《给流血的朋友》《悼四烈士》为悼文，表达了深切的缅怀之意。同年 7 月李公朴、闻一多被国民党特务先后杀害于光天化日之下。他为失去多年挚友痛不欲生。他怒斥国民党无耻卑劣的行径，《七月的腥风吹不熄人民的怒火》的悲愤诗篇喷涌而出。因持续不断地发表抨击国民党政府黑暗统治、唤醒民众的诗文，他长期受到国民党的监控，身处危险之中。他以笔作枪，从不畏惧，信念坚定。

中华人民共和国成立后，他为祖国的建设投入了高昂的生命激情。他以惊人的毅力、顽强的斗志、超然的乐天精神，在全身瘫痪、极度艰难的状况下，陆续撰写了近百万字的科普论文、科学童话、科学小品，如《生命的起源》《我们的土壤妈妈》《揭穿小人国的秘密》《和传染病作斗争》《炼钢的故事》《高士其科普创作选集》等。

他长期担任中国科学技术协会常委、顾问，中国科普创作协会名誉会长，中国科普创作研究所名誉所长等职务。他以极大的热情积极推动、参加各类青少年的科普活动。他集科学家、科普作家和社会活动家于一身，为我国科普事业的繁荣与发展作出了巨大的贡献。

他为了民族的存亡不畏牺牲，为了民族的振兴殚精竭虑，他无愧于民族英雄的称号。他是个真正的爱国者，一个伟大的人。

永远的怀念

初夏的端午之夜，我独自坐在窗前，向外望去，只见一片黑寂的夜空，月光洒着清辉，夜阑深静；在这端午之夜，默默诵读着你的华章诗篇，一篇篇、一句句深触心底；思潮澎湃……诗人啊，你忧国忧民的爱国情怀，深沉高洁、热烈赤诚，让我动情缅怀，敬慕追思……诗人啊，你可曾想到千百年后的今天，还会有人如此深深地怀念着你……

屈原，一位伟大的爱国诗人。他痛吟，他悲呼，他追索："路漫漫其修远兮，吾将上下而求索。""长太息以掩涕兮，哀民生之多艰。""亦余心之所善兮，虽九死其犹未悔。""余处幽篁兮终不见天，路险难兮独后来。""诚既勇兮又以武，终刚强兮不可凌。"在他的诗境中蕴含着悲悯、探究、深博的人文情愫。在他磅礴、浩然、浪漫的诗句中倾吐着诗人忧国忧民的爱国情怀。

他一投汩罗，身入江河；大悲大爱之魂终伴江河源远流长，万古不息。

气节

有些持气节之人，在国家危亡之时弃了他学，从了文学。他们深知文学有着潜移默化引导的力量。他们深晓文化能从心底振作起民族信心，亦能从心底将其击垮；心若是被侵蚀了，身也必将垮塌。刀枪处死的只是身躯肉体，文化侵蚀的却是国魂民心，切不可低估了文化的力量。

外寇入侵国土时，文化亦在被侵。外寇入侵除了动用武力，还利用了文化。在民族生死存亡之时，为唤起民众的觉醒，激发起热血的沸腾，我们自己的文化大旗是必须高高举起的。

一个人的一颗子弹，消灭的是一个敌人；一个人的一篇剿敌呐喊，唤起的是万千民众。21世纪的当今，在中华复兴的关键时期，拨开迷雾、激浊扬清、讴歌正气之文化大旗亦应高高举起。文化领地的争夺，关乎国家命运，这已是不争的事实，早已被历史所明证。文化可助国兴，亦可促其亡。

无论国家是在生死存亡，还是在复兴繁荣之关口，都需要文化力量的支撑与唤醒。文化人要在国家命运的关口不失气节，有所担当。若失节败国，终将被人民唾弃，成为历史的罪人。有气节的文化人，终将得到人民永久的敬仰，被历史铭记。

信仰

　　共产主义信仰阐释的理想信念——创建平等的没有压迫、没有剥削、共享共乐的大同世界。这信仰向世人昭示了，她无疑是人类发展迄今为止、一种最为崇高的信仰。共产主义信仰目标极为高远，虽企及艰难，但有了对这信仰的寄托与坚持，人类抵达更加光明美好之未来就有了希望。

　　惨遭侵辱、备受奴役、积贫积弱的旧中国，共产主义信仰如一盏明灯，点亮了志士们的胸膛，他们为拯救，为解放，为求真理，追随信仰，至死不渝。他们中有千千万万受着压迫的劳苦人民，亦有一些名家学人、身居高位者、富家子弟。在受到共产主义信仰的召唤后，他们中有的比较、辨析了古今东西方各路信仰，判定了共产主义具有着光明的前景；有的身处政界，看到了执政者的专制独裁、争权夺利、贪污腐败、昏庸无为，这让他们清醒；有的深入民间，体察民情，看到了百姓食不果腹、衣不蔽体、民不聊生，看到了"朱门酒肉臭，路有冻死骨"的现实，这让他们震惊。他们都真正看清并认识到了那个时代的黑暗与腐朽。他们决然地抛弃了荣华富贵、名利地位、仕途前程，与千千万劳苦大众共同奋起，为了民族的未来，为了国家的希望，他们背离了本阶级、阶层，追随信仰，投身革命。在外寇入侵、民族危亡之时，他们更是赴汤蹈火，甘愿抛头颅洒热血；持着信仰，赴死。他们对信仰的追求纯粹又纯粹。他们是一群特殊的具有高贵灵魂的人。

共产主义是光明正义、惠世为民、充满魅力的信仰。故追随者前赴后继。共产主义信仰是立足当下、现行现进、继往开来，一往无前的。

永恒的记忆 ①

可以肯定地说，世界上再没有哪个时代，哪个国家的人，为了信仰，像中国共产党人这样，在生死关头，留下如此浩博、如此壮美、如此感人至深的家书、诗篇了。这些在狱中，在临刑前写下的家书、诗篇里满含着对信仰的坚守，对新中国未来美好生活的无限憧憬与渴望，对父母、妻儿、恋人万般的思念与不舍。这封封家书，章章诗篇都是那般的催人泪下，令人肃然。

这些如歌如泣、荡气回肠的家书、诗篇，无一不彰显了先烈们对共产主义信仰的忠贞不渝，昭示了他们为国为民、宁死不屈的大义凛然。这些家书、诗篇为世人存留下了对崇高理想信念的坚贞，对高尚人格情操的赞美。为了国家存亡、社会公允、人民幸福，不惜牺牲的志士们，是中华民族最优秀的儿女。

他们写下的家书、诗篇志向高远、胸怀博大、情感澎湃，具有卓绝的革命文学的精神意蕴，具有极高的文学价值。这些家书、诗篇不但丰富了人类文化的宝库，而且为世界存留下了不朽的篇章、永恒的记忆。

---

① 多年查阅、品读，历史记载、文献资料、缅怀忆文之感。

[贰]

慢下来，细品味

大千世界，人间况味，自然万物，让我们静下心来，慢慢体察，细细品味……

悯农园

唐代诗人李绅的悯农诗句"谁知盘中餐，粒粒皆辛苦"脍炙人口，经久流传。

在京城一所小学校的校园操场旁的一块空地上，学校为学生们开辟出了一片小小的菜园，菜园边上插着个小木牌，木牌上写着"悯农园"三个字。当看到"悯农园"这三个字时，我心头一阵欣喜，多好的心品教育啊。培育孩童如同培育幼苗，都需要细心呵护。

孩童们在菜园里，从播种到浇水、施肥、除草等的菜园管理实践中，学到了鲜活的知识，尝到了劳动的辛苦，懂得了收获的来之不易。孩童们在小小菜园里播下了菜种的同时，亦在稚嫩的心田里播下了仁爱的种子。这种子将孕育出一颗珍惜辛劳付出、懂得感恩的、向美向善的心灵；具有一颗向善向美的心灵者，必将成为祖国的有用之才。

长江后浪推前浪

　　近日在一本畅销杂志上，看到一文，文中就"长江后浪推前浪"一语说道："所谓'长江后浪推前浪'，似乎一代人，只有推翻另一代人，才能在社会中安身立命。"简直是荒谬之语。这里的"推"字，我以为，可不是什么"推翻"的意思，何况一代人怎么可能推翻一代人呢？这里的"推"字，理应是"推动"的意思；若是推不动，便只有超越了。这一名句，其意是在表达，时代与事物不断进步、发展是一种必然趋势；亦是一句现实的、明了的、含有双重激励意味之语。别看"推翻"和"推动"只有一字之差，可就这一字之差，语意可就差远啦。

一点失落

　　现下，人与人之间的联络沟通，结交新朋通过网络五花八门的联络沟通方式可说已达"极速"。人们相互间的联络沟通，结交新朋中的真情实感在"极速"中有可能变得有些漫不经心，敷衍轻薄了；有可能渐渐失去了久酿之后的郑重与绵醇。面对"极速"这样的"便捷"，让我愈加怀念那绵绵的细润，深深的心系与牵挂；在宁静夜晚柔和光灯下慢慢将信纸铺开，久久沉浸于思后，再缓缓提笔，用心叙怀抒情。那封封书信的字里行间满含着对父母的惦念、挚友的牵挂、恋人的相思。在这缓缓的、用心书写的过程中，那微妙、动人的心境，如今的人们已近乎陌生了；这不能不说是，人生情感体味中的一点失落……

一个小小的笔误，让我下了个不小的决心

在上本书出版后，偶然发现了其中《咏叹不尽》一文中，有个小小的笔误，将"夏荷，秋菊"误写成了"夏荷，荷花"。这一笔误，将原先小文结尾处还算有的那点韵味，变得几乎索然无味啦。原本就有意将之前已出版的书中，有些比较喜欢的小文（稍做修改、删减、合并后），加上近作，再重新编辑出版一本新书的，但那也只是有意，并未下决心。当偶然发现了这个本不应有的小小笔误后，顿时我下定了决心。显而易见的笔误，既然发现了，就必须消除，否则，这将会是一个心头抹不掉的小堵。这一小小的笔误，让我下了个不小的决心，是不是应该感谢它呢？

那可真是再好不过啦

随着岁月的渐逝，人终将老去，这是天律，无法阻挡。我想，即使无法阻挡，我们亦可将这渐老的过程，让其处于一个较为理想的状态。当容貌不再年轻时，有不少人为了保住年轻的容貌，在脸上注射各种驻颜剂，甚至大动干戈，最终让原本有着自然、生动、丰富表情的那张鲜活的脸，变得僵硬、呆滞甚至丑陋了；受了动刀之痛，药剂之苦，不但没有让自己变得美美的，反而让自己失去了天然之态（天然的，往往是美美的）；那真是得不偿失啦。

我想，当你的容貌不再年轻时，你的肢体依然可以灵活，你的身姿依然可以轻盈，你的动作依然可以洒脱；灵活、轻盈、洒脱，让你的体态依然年轻。年轻的体态，让你颇显动感韵致之美，让你的魅力不减当年。年轻的体态，可因你规律的生活、健康的饮食、坚持的锻炼而成就。随着年岁再渐长，当你的体态亦不再年轻时，你的思维依然可以活跃，你的激情依然时时可被燃起，你依然时时被感动着；活跃、激情、感动让你的心态依然年轻。年轻的心态，让你时时有着心悦之感，心力不衰，慧美盈盈。年轻的心态，可因你持久的心性修为、不怠的勤思、不懈的追索、饱受文化精神之涵养而成就。

　　我想，若能以这样自我、优雅的状态渐渐老去，让心态永葆青春，那可真是再好不过啦。

生命力

文若上乘，其插图既要生动又要切意才配。就拿人物插图来讲，画者需对所绘人物的精神世界有着深刻的感悟，准确的理解；只有懂得，方能将高超的绘画功底、技艺技法与所绘人物的精神世界契合，方能将文中所描写的人物，无论从外形到面部表情，再到内在气质，刻画得惟妙惟肖，神形兼备。

各类文化艺术的脉络，确是相系相通的。具有卓越的艺术表达功力之画者，定是个极具文学素养之人。好图配好文，文图皆佳；文字与画面共拥了盈然独具的生命力。

甘泉

　　当你在荒野沙漠烈日炙烤下，感到极度疲惫、饥渴难耐时，你幸遇到了一股甘泉；你顿时欣喜若狂，扑向它，痛饮它；之后，它消解了你所有的劳顿，你身心舒悦……

　　一本好书及一切优秀的文化艺术都如甘泉。当你身心感到倦怠枯乏时，你幸遇到了一股甘泉，你奔向它，畅饮它。这汩汩清冽甘甜的泉水，给予了你生命的活力，化解了你心灵的苦闷、困惑、烦忧……这汩汩甘泉，涵育了你的慧智，开阔了你的眼界，慰藉了你的精神，润泽了你的心灵，让你心花怒放……

择一事，终一生

　　我特别钟爱那些真正的手艺匠人；无论是制陶、制纸、木工、编织、刺绣，等等。他们一心无二的专注，他们甘愿寂寞的不弃，他们不懈努力的创造，他们内心挚爱的纯粹，成就了他们高妙的技艺，酿就了他们卓卓的超绝。随着内心的呼唤，他们投入到自己的心愿中去，将自己最想做的事，做到了极致，哪怕一生只是做了一件事。"择一事，终一生"的他们在倾心的寂寞中寻得了创作的快慰，在纯粹的挚爱中寻得了幸福。

天赋，不可求得；才华，可以育成

　　"天赋"是爹妈给的，是天生自带的，可遇而不可求。"才华"是可以后天育成的。一个人只要不呆不傻，他若能勤奋肯学、不畏孤寂、潜心追索、博采众长、持之以恒，时间终会给予他以"才华"——这丰厚的回报。具有了"才华"的他，便能更加自若淡定、从容洒脱地待人待事；这自若淡定、从容洒脱，将又会给他带来更多的自信与快悦，将助他走向更为理想的人生之境。

好汉不提当年勇，丽人莫恋昔日美

一日，我正漫步在护城河畔，徜徉在和煦春风里。不知怎么，突然一句"好汉不提当年勇，丽人莫恋昔日美"涌到了嘴边。这突然冒出之句，竟让我喜欢上了。想来，是啊，那"当年的勇"，那"昔日的美"，只当作你美好的回忆即好，切勿由此带来今日不似昔日的哀叹。人的青春年华，健壮体魄，可人美貌，终将被岁月磨蚀；这自然的天律，欣纳即好。握住今日，让你依然有着精神之托，让你依然尽着力所能及之为，让愉悦的心境依然伴随着你；属于你的时光，依然是美好的……

写不尽……

　　写啊，写，手中的笔，为什么总是停不下来。思来，许是自己面对，有幸来到这星光璀璨、浩瀚无际的天宇下，有幸来到这充满了喜怒哀乐、万般况味的人世间，有幸体味到了这人世间含着的那种种拨动了心弦的动人情愫，心里总有说不完的话；于是，说不完的话，便流入了笔端，写不尽……

　　写啊，写，也许要写到生命的尽头，写到了尽头，也感受、体悟、抒怀了一生；也算是，真真切切地走过了一生，也算是为世间留下了一丝生命的气息，也算是没有白白来过这个世间；我心足矣……

素面朝天

　　在广袤大地、万顷田园上挥洒汗水、辛勤劳作的她们及从事地质勘测、考古挖掘、生态环境及野生动植物科考与研究、发现与保护的她们；田野沃土上的黄谷雪棉、葱翠草木、烂漫花丛，异彩缤纷的自然万物，空辽无际的蓝天、飘然游逸的白云、奔流不息的江河、巍峨绵延的山川，都是她们最好的缀饰。融浸在自然天地中，素面朝天的她们身上自有了天然的美韵；那美是生活在城市里女子们绝享不到的；天然美韵，韵在天然。

真诚

  我虽说不大喜欢一味地，只追求情爱，只愿缠绵其中之人，但要比起那些在诗文中常常隐含着比其他人更深、更腻的男女情爱之欲，却自称信奉佛教之人，我还是宁愿喜欢他们，因为他们真实。我以为做人，还是要秉持一个"真"字为好。

  谁都愿意听动人的话语，动人的话语在人与人交流时是需要的（尤其是，在表达一些含着情感因素，如亲情、友情、爱情、感念时），但一定要是发自内心的。动人的话语，确能打动人心，但那仅是一时的；真正打动人心的，绝不是那动人的话语，而是一片的诚心。

  "真实""真心""诚实""诚心"合为"真诚"；世上无论人与情，只有是"真"的"诚"的，才是真好的。真诚是人生最值得珍惜的品格，只有付出真诚，才能收获真诚，才能真正品味到人世中的最沁心的甘甜。

怀才不遇

这世上有才的人太多了，自认怀才不遇者也大有人在。自认怀才不遇者大多有着自身的原因，有可能是才华不够超群，有可能是欠缺在了本质上。一般来讲，人若确有某一方面过人的才华，或多或少都会有某些方面的欠缺，只要不是欠缺在了本质，大多不会被世间埋没。怀才有可能一时不遇，也可能一世不遇，但切记不要因此而怨天尤人。怨天尤人，只能给你带来抑郁的心情、消极的状态，膨胀了你本有的欠缺；只能将你原有的那点才华消磨殆尽……你若能省视自身，增固才华，修缮欠缺，你也许就会迎来才华飞扬的春天。

少浪费便是珍惜了

　　自觉自己有个天生的、挺好的特质，那就是总能及时地放弃那些不值得的人与事，少浪费了许多的时间、精力与情感；正因如此，才能让我更加用心地去待那些值得付出时间、精力与情感的人与事；更多地感受到真正的美好，体味到纯粹的精华。我庆幸自己天生具有了这样的特质。人的生命太有限啦，少浪费便是珍惜了。

慢下来，细品味

若遇温厚纯善之心，若遇极美自然风光，只有静下心来，慢慢体察、细细品味，方能感之真切，方能将其嵌入心怀。

大千世界，人间况味，自然万物，倘若你能静下心来，慢慢体察、细细品味，才能体察、品味到其细微之观、细微之态、细微之情；你会发现，若不是静下心来，慢慢体察、细细品味，便会轻易忽略掉那细微之中，往往蕴含着的具有极大爆发力、冲击力的深刻、奥妙、广博与大爱……

大千世界，人间况味，自然万物，让我们静下心来，慢慢体察、细细品味……

尽情投入吧

　　只要你愿意投入，大自然一直在向你敞开着她那宽阔、温暖的怀抱。你若投身依偎在了她的怀抱里，那自然的清风，便能拂去蒙在你心头的尘埃；那自然的巍峨之巅、浩瀚之水，便能抛开压抑在你心胸上的块垒；那自然的广袤草原、漫漫戈壁，便能舒放久困着你的郁闷心境；那自然的扑面而来的木林清香、花朵芬芳，便能暖化冰结在你心中的寒凉……

　　投入吧，尽情投入吧，投入到那大自然宽阔、温暖的怀抱，尽情感受她慷慨的赋予……

恰适

若当你情窦初开，青春年少时，尽情尽意地畅谈了一场恋爱，无论这恋爱是否有一点苦涩，之后是否遭遇了挫折，是否终成正果；若当你年富力强，精力充沛时，尽力尽责地工作过，无论这工作是自选的还是被选的，无论是平凡的还是高端的，无论是文化艺术的还是科学技术的；若当你到垂暮之年，心力体力不济时，还能尽自尽怡地享受到了足够的恬淡与安逸。这都是人生在某一阶段，行了最恰适的事，在某一阶段得到了最恰适的感受。

单拿，谈恋爱来讲，人到中年亦可谈一场，相见恨晚之恋；人到老年还可谈一场罕遇的黄昏之恋；这"恋"皆能是倾情倾心的。可我仍觉，还是青春之恋，最为清澈、最为鲜活、最为动人……

人这辈子若是在人生的各个阶段，都行了最恰适的事，得到了最恰适的感受，便拥有了相宜的人生。人生虽难免存有遗憾；但相宜的人生，可让那些遗憾忽略不计。

乐观精神

　　有人说，梭罗一生充满了乐观精神。其实，纵观历史，普看世间，"乐观精神"是在许多创建伟业、名垂青史、文化大家、科学巨匠身上都能找到的一个共同的特质。具有"乐观精神"的人，大多有着宽阔的胸怀、慈善的仁心。他们热爱着自然万物、放眼希冀着未来、有着以天下为己任的担当。他们饱纳阳光、积极向上、从不畏缩、勇于前行。"乐观精神"的内核是信心、坚韧与不屈。倘若没有"乐观精神"的支撑，在他们走向卓越与辉煌之途中，在遇到种种磨难、种种艰辛、种种困顿之时，早已败下阵来；又怎么可能创造出日后的伟业和卓著呢？

希冀

虽，岁月如梭、岁月无情，生命不可挽留；然而，无论岁月怎样的如梭、怎样的无情，即使再不可挽留，人都不能没有希冀；无望的生活，百无聊赖、浑噩度日，那是最无趣、最荒凉的生活，那样的生活，真的不如不过。我们既然有幸来到了这个世上，就要尽量让自己活得有意义，活得快乐，也不枉来了一趟人间；否则，真到逝去的那一天，你或许早已麻木了，或许将带着无尽的懊悔离去，不管怎样，那都是悲哀的。

古人说，人要"善始善终"；真觉是，睿智之语。如何才能善终呢？我以为，无论到了怎样的年纪，你都要心存一点希冀，有一片振奋自我的精神家园。这希冀无论是对家对国，是大是小，只要有希冀，精神就不倒，只要精神不倒，人就能活得有意义，就能活得快乐，心就能得到慰藉；"意义""快乐""慰藉"，是你"善终"的保驾；若能"善终"了，便获得了一生最终的福分。

趣意无穷，妙不可言

　　你看：由一个"信"字，组成的"信服""信任""信仰"；都含有你内心的认定、思想的依靠、思想的归属之意；由一个"念"字组成的"纪念""执念""惦念"；都含有你心的牵挂、心的向往、心的不弃之意。于是"信"与"念"组成的"信念"一词，便显示出了，它的力量、它的坚定、它的纯粹；便有了一种情感与意志的深邃之美；真是妙不可言……

　　你再看："顾盼生辉""顾盼生情""顾盼生姿""顾盼流连""顾盼神飞"；那一个个"顾"字，那一个个"盼"字，那一个个"顾盼"生出了多少一瞬的曼妙神态，隐约可见的韵致；这曼妙、这韵致又让人生出了多少动人的情愫……"顾"与"盼"的搭配及那"顾盼"与"生辉""生情""生姿""流连""神飞"的搭配，真可谓妙搭；这妙搭，真是妙不可言……

　　你还看："快意""快悦""快慰""畅快""痛快""轻快"；一个个与"快"字联袂的词，便活活地生出了酣畅淋漓、果决断然、尽兴尽致、恣意舒爽、飘然松适之感；中国文字，在字与字、词与词的组合中，所含着的、丰富的"意""趣"真是妙不可言……

中华民族对文字的创造、组合，充满了非凡的智慧，浪漫的想象，令今人叹为观止。中华民族还会对文字不断地挖掘、创新、弘扬，让其生发出无尽的丰彩与趣意。真是妙不可言……

不经意间

　　为了更好地保护亚洲野生大象群，为了对大象群的习性等有更多的了解，寻求种种与之相关的信息，为了人与象的安全，相关部门对一群离开云南原居家园，向北远游的十几只亚洲野生大象群，进行了长时间、日夜不间断的跟踪，用无人机检测拍摄记录下了它们在长途漫游中的日日行程及点点细节。

　　我在电视屏幕前一路紧随着跟踪报道者们的脚步，这一紧随，让我对大象的习性有了更多的了解，看到它们种种聪明之举，如为了饮水，会用长鼻拧开水龙头、掀开水井盖等等；也才知原本以为，生性有些沉默木讷、身躯庞大，体态略显笨拙的它们，竟有着那样活泼调皮、喜玩水耍闹的天性；尤其当看到那两只，在远游途中生下的萌态频现的小象宝宝时，真觉它们是那么嘻嘻的可爱；当看到大象妈妈在护崽时浓浓的母爱及家族长者们对幼小用心的关照时，真觉它们是那么暖暖的可敬；还有，当看到一只正处青春叛逆期的半大公象，放飞了自我，离群了，且越离越远，毫无返群之意时，真觉它此率性之为与我们人类，又是那么切切的相似。

　　这群长时间、长途漫游出走了500多天，1300多公里，远游的大象群，终在相关部门柔性的、科学的引导、悉心的呵护、民众的温柔宽厚以待中，在充满爱的相伴中，平安地返回了云南原居家园。这结局，真是人与象皆大欢喜啦。

追随跟踪报道，人们不但长了见识，获得了欢乐，更可喜的是，还得到了意外之收获。国内媒体持续的大量跟踪报道，除了引起了广大国人强烈的兴趣外，还引来了不少外国媒体及他国民众的围观。他们从报道中不仅看到了大象们在远游中种种有趣的景象，还看到了跟踪报道者们吃苦耐劳、一丝不苟的敬业精神，中国政府部门对野生动物及生态保护的极度重视，对保障人与象安全工作的细致入微以及国人满满的仁爱、包容之心。他们还戏称，这群远游的大象群为国际明星，还盛赞此次远游为史诗般的。不经意间，这群远游的大象群竟成了中国好故事生动的讲述者。

世上的事，往往会在不经意间出现意外的效果。这意外的效果，有的可能是惊喜，有的可能是尴尬，有的可能是猜想……

美妙依旧

　　有这样一些女子，在妙龄时，因清丽的样貌，丰盈的才情，优质的品格，可人的性情，而美妙。上了年纪的她们，虽样貌不再清丽，却经岁月的历练，浑身透出了暖人的温润。她们原本丰沛的才情，在日积月累的提炼中，愈加有了光彩。她们原本优质的品格，在历过种种锤炼后，愈加醇厚纯粹了。她们原本可人的性情，在经受风雨、沐浴阳光后，愈加豁达通透了。她们是明慧的女子，妙龄不在了，可美妙依旧……

尽燃光华

一日，深秋的傍晚，在夕照余晖下，只见窗外，萧瑟劲风，将树枝刮得狂舞，随之即见片片秋叶纷纷落下枝头，这片片落叶，恰似只只"舞倦了的蝴蝶"（三毛之语）。夕照余晖伴着那纷纷飘落下的秋叶，弥散着浓浓的深秋之韵；这深秋之韵，虽美……可再美，亦是含了离别之意……这纷纷落下枝头的她们，曾是那样青翠鲜活，满载着自然之美，自然之活力，唤起了世人美好的向往，为世间注入了生机……今日，她们纷纷落下了枝头，随着落下，她们美丽的一生，也将就此消逝。她们的消逝，亦在醒示着人们，那曾经的鲜活，终将衰却；醒示着我们，让我们尽早，尽心尽情感悟生命赋予我们的一切，尽享其美好；让终将衰却的生命尽燃光华，尽燃了光华的生命，生命之光泯熄了，亦无悲切……

她到底来自哪里？

　　一晃多少年过去了，很多事情都已淡忘了，可在一个异国快餐店里见到的她，却让我记忆犹新。那时自费出国的留学生不像现在，绝大多数为了学费和生活费都需利用课余时间打工挣钱。刚到墨尔本面对完全陌生的环境，还懵懵懂懂的我（自费公派），赶紧找了一个易找到又易上手的，利用课余时间在学院附近的一家特别的快餐店里做收银员的工作（英语还算不错的我，两个月之后便找到了教授澳大利亚人中文的工作）。

　　这家快餐店坐落在市中心，周围有不少政府机构和高档写字楼，位置极佳，快餐店生意十分红火。在那里有一个常客，我对她印象极深。她总是独往独来，从未见过有任何人与之相伴。她的气质与相貌不似纯西方人，含着东方女子特有的神韵。她的衣着式样都不是你在商场里能寻得到的；有时是棉麻朴琢，散漫逸然；有时是繁华锦缎，雅媚交织；她容貌美而不艳、肤若凝脂、身姿优美、仪态端然。快餐店内靠墙处设有几个适合两人就座的开放式小屏间。带着淡淡幽兰之香的她，袅娜地踏进店门后，只要小屏间内没有客人，她一定会选择小屏间；总是只要一杯卡布其诺，随身带着书或杂志之类，一坐就是一两个小时。看书时，凝神专注，静得像一雕塑美人，真是赏心悦目。不看书时便会旁若无人，舒然地斜靠在沙发里，或垂目或翘首，思绪幽幽；时而绽露灿烂之色，时而流露悠悠之情。大多男性，对这种天外似的熠丽是不会视而不见的。曾多次看到，被她吸引了的男士们向她走去，试图与她攀谈；但，不论对方年龄几许、风度怎样、长相如何，她都会即时淡淡地向他们嫣然一笑，随即便是轻轻地摇头，微微地摆手，示意她的拒绝——请你离去而不要尝试。她的肢体语言表达得婉约而坚定，这样的拒绝，尤为动人。那净美的气质，让我在赞赏之时，对她更多了几分尊重。

她貌美如春，却没有年轻女子的犹疑轻浮、矫揉造作的青涩之气，浑身散发出来的是只有阅尽了生活的女子才会有的恬澹醇绵的韵致，却又没有留下岁月的痕迹，因此显得卓尔不群。这谜一样的梦幻女子，谜一样的绝世姿容，她到底来自哪里？

高贵与低贱，优雅与粗鄙

　　就人的品性来讲，清贫之人也许高贵，富极之人也许低贱；优雅与粗鄙亦如是。我见过不少有着优雅气质，所谓低微阶层的人，如裁缝、机修工、理发师等等。其中一位常年在商场摆摊卖围巾、帽子、小饰品的女子给我感触颇多。

　　她的摊位设在一商品大厦的一层。该大厦二、三、四层均为食品、家居、电器等超市，一层则是卖服饰的商家，每个商家都有着自己独立的空间。唯独她的摊位是设在一个小过道的拐角处，想必是因租金便宜。她在拐角处，靠壁构建起一排窄窄的、上下几层的框格货架。形状大小不同的木制框格内分类悬挂或摆放着各式卖品。她这样设计摊位，不仅减少了占用空间，还为小过道平添了些鲜亮的色彩；颇显其构思之灵巧。

　　四十开外的她，舒顺齐耳的短发，合身简素的衣着，悠然柔暖的神态，浑然透着清淡的优雅。她的卖品中，也多见别致不俗之物。优雅的她和漂亮的物件，成了平平之处一抹亮丽的风景。每次路过，我都忍不住要多看她几眼。

　　高贵与低贱，优雅与粗鄙，也不是能用金钱来鉴别的。高贵的人格品性，优雅的仪表仪态，凝就了美美的人。

优质的生活
——阅乐相伴

优质的生活少不了书籍的相伴。读书能养心滋慧，让你心窗豁然，不奢不矫，少戾气，多宽怀；可谓"腹有诗书气自华"。一本好书就是一位真挚的朋友。你能从阅读中获取真知，感受诗意，涤荡灵魂。真知的卓见让你心明、豁达而通透。诗意的空灵让你放缓了人生的脚步，不浮不躁。只有细品世间万物，才能感受真切，才能聆听到自己内心深处的真音。

优质的生活少不了音乐的相伴。你能从音乐中谛听到心灵的吟唱，体悟到生命的华彩。当你合着时而悠扬、时而奔放、时而欢畅、时而哀婉的乐曲起舞时，随着乐感，柔美欢动的身躯犹如慢慢绽放的花朵，肆意而美丽。你的生活洋溢着美感。

无论你在生活中遇到了怎样的挫折与苦难，请都不要离开书籍和音乐，因为它们是慰藉心灵的良方。书籍与音乐，培育起了你心中的花园，那里蓄满了心悦的醇香。拥有了蓄满醇香的心中花园，你便拥有了简约而素美的优质生活。

优质生活的享受非金钱所能获取，它比物质生活的享受，更精彩，更动人，那是一种更高级的生命状态。"阅""乐"相伴，心之悦然。

难舍的珍重

适逢春节，当在微信上又看到来自各方的祝福时，我不禁想起了当年的贺卡。我从箱子里找出了，我曾用心整理过的，按年份分放的，一沓一沓的贺卡。最早的一沓是在上小学五年级时，同学们亲手绘制而成的。那些用手绘制的贺卡，是新年前的一堂图画课上在老师的提议下完成的；之后相互送予了喜欢的同学。那时大家对贺卡还是有点陌生的，很有新鲜感。同学们在自制的贺卡上用心作画，用心写语。

在我保留下的这些儿时收到的贺卡上绘有红色的灯笼、黄色的小鸟、青色的鱼儿、粉色的荷花；还有真诚的祝福语。这些出自儿时笔端的画和语，稚朴得可爱，多彩得暖心。

在我出国留学，身在异国他乡时，远离亲朋好友，每到年节收到和寄出的贺卡就纷纷扬，小小贺卡承载着满满的祝福。每当特别的时节到来前，我都会到商场精心挑选，一处没有中意的，就不惜多跑几处，直到选到满意的为止；选到后还都要细细思量，用心地写上真诚，适宜的祝福语。对方每每收到后，都会夸赞：真好！真漂亮！

至今，这样的祝福方式，虽已难得一见了，可那份绵柔的相惜，那份沉甸甸的珍重，还让我留恋着。

影响力

我上的小学，是一所大学附小，小学校园是融在大学校园里的，故比一般的小学校园要开阔得多，也要美得多。在这样的环境里，能引起我兴趣的东西，总是层出不穷。我从小就是个觉少的孩子，记得上小学四年级开始住校时的我，在春、夏、初秋时节常常是天刚蒙蒙亮，别的孩子还在蒙头大睡时，早早醒来的我，便会悄悄穿上衣服，走出宿舍到附近的小湖畔、池塘边、花丛中蹦蹦跳跳、走走看看，不时现身的昆虫，含着露珠的花儿都吸引着我的目光。在宁静清透的时空中，你能听到生灵的悄动，你能嗅到草木的幽香，你能看到含露的美丽……待到朝阳升起，晨曦笼罩，霞光漫天时，我的心儿会欢欢地跳跃；我着迷着，这样的感觉……可大人们都认为，少觉会影响孩子的身体发育，我会常常被提醒，要多睡一会儿，经常的提醒，让小小的我，不免有了点担心，担心觉少，对身体真的不好；可天性又无法改变，于是我便有了一点点说不清的困扰。但当一日，偶然看到一本介绍一些科学大家们的生活习性的小书后，我才完全放下心来。书中提到，元素周期表的发现者，俄国大科学家门捷列夫，每天只睡四个小时左右（我成年后，也基本如此），但精力依然旺盛，思维依然活跃，觉少对他的身体、心力和精神都丝毫没有影响。大科学家们，因他们卓越的科学发明与发现，具有了影响力，这影响力的力量，不可估量。一个大科学家的例子，影响了我，让小小的我，对觉少，从此再无一点点的困扰。觉少，不再是我的担心，反而为我带来了更充裕的时间、更清醒的头脑、更活跃的思维；影响力，让我受益匪浅。

见多识广

只有见多，才能识广。见多识广，可增强理解力、辨别力；见多识广，更易纳新知，悟慧觉；见多识广，可丰才情，酿趣意；见多识广，眼界格局会更高些，思路会愈加开阔，胸襟会愈加豁达。要想见多识广，只有真正做到读万卷书，行万里路，读书和行路缺一不可；只有徜徉在历史文化的长河中，才能饱纳文化的滋育；只有行走在天地山水间，才能切身觅得大自然的启悟；只有读万卷书，行万里路，方能成为真正的见多识广者。见多识广者，多有丰满的、耐得回味的一生；此生未枉来。

她们

　　灵透、暖爱、善解人意的女子；若能与之敞开心扉，你将会遇到一个，真挚的、明净的、欢悦的、活泼的心灵。

　　既能享得了安逸优渥，又能承受得住苦难艰辛，既懂得风花雪月下的浪漫，又有着胸怀大志，从事大业的豪迈；不仅有着温暖、温情、温雅的心性，亦不乏胆识、见地的她，是个心中有大爱、内心刚毅的强者。

　　一个拥有慧智与天赋的美丽女子，既能尽情地挥洒着女子的美丽、轻柔、细致的特质，还能持有着沉静、坚韧、恒定的品格；她，该是怎样一道动人的风景……

　　才思丰沛、才情满怀的她，喜欢清宁，不惧所谓的孤寂，若能理解了这喜欢与不惧，便有可能读懂了她的超然。

　　有着独立思考、宠辱不惊的品格，有着超出一般人抵御灾难、诱惑的定力和跨越人生沟壑的内心力量，有着一颗易感而敏觉的心；天赋过人、情致妙然、慧心达智的她，生命赋予了她更多的灵性之美。

　　她们有时如国色天香牡丹般之娇艳怒放；有时如高雅淡洁兰草般之幽然清婉；有时如含蓄素雅桂花般之香沁人心脾。她们同样都有着极高的天赋才情，心香盈盈，清冷逸然，幽美至极。她们行得自然流畅、思得自在真实、活得清透灵澈。她们灼灼其华，溢美人间。

神圣之感

　　面对忠贞的信仰，面对不屈的灵魂，面对惊天地泣鬼神、撼天动地的壮举，人们会肃然起敬，神圣之感会油然而生。

　　在生命几乎绝迹的苍茫荒凉险峻之地，当你发现了生命的迹象时，哪怕只是一株倔强的小草，一朵顽韧的小花儿；微小伶仃的它们，都会让你感到一股巨大的冲击力，冲击着你的心房，会让你不由得心生无限的感慨，心生敬对生命的神圣之感。

风骨

有人说鲁迅先生是"水中的盐、骨中的钙、云中的光";我觉得,说得甚妙,亦相当精辟;道出了鲁迅的风骨。

风骨在我眼里是个既很酷、很冷峻,又带有刚正毅勇、纯谨深沉之性的字眼;若形容一个人颇具风骨,那此人定是个极具感染力、极具飒然风度、极具魅力之人。鲁迅先生正是这样一位极具风骨的铮铮铁汉。他不惧恶势强压,不惧腥风血雨,他以笔作刀枪,对敌对恶,他横眉冷对千夫指;他以笔书写大爱,他心怀万般柔情,待民待子,他俯首甘为孺子牛;他之高品,誉满天下。

赤子之心

　　人若一生始终持有一颗赤子之心，始终如同赤子般的自然、天真、纯善、对天地万物充满了好奇、怀有探索未知的热忱，有着天然无拘的想象力，热爱着生命中的一切美好；那始终持有一颗赤子之心的你，直到身体渐渐老去了，精神亦不会随之衰朽，生命的活力将伴你一生；在即临人生尽头时，回望走过的一生，心中已无大憾；心中无大憾，安然逝去，那是对可贵生命交出的一份最好的答卷。

母语

早年拒收澳大利亚人赠送投资移民款，放弃移民，决然回国；除对祖国、家人的情深外，还有一种始终说不清的不舍；我明白那是对精神层面的一种需求。

当一日看到"母语"二字时，我恍然悟出了：原来难舍的是她。我深觉，即使你其他语种学得再好，说得再流利，用得再得心应手；也不能像用母语表达那般地酣畅舒放、淋漓尽致、喻及潜意、触及心底。缺乏了运用母语的语境及人文的内联，便有了精神的失落感。母语是精神之养的支撑，远离她，这对我，一个习于享受精神愉悦的人来讲，可说难以忍受。

原来吾不舍的是母语；对母语的恋，似婴儿恋母乳般的纯粹。

漫谈知己

　　人生知己本就难遇，红颜知己更是难遇，蓝颜知己那就是更更难遇啦。为什么我要说，蓝颜知己更更难遇呢？因为蓝颜知己和红颜知己都是超越了男女情爱的异性知己，对于女性来讲，较男性更易超脱出，对性的欲求，而能真挚地惜爱着，持护着这份难得又难得的、超越了情爱的情谊。但对男性来讲，说实话，面对一个互为欣赏的、志趣相投的、彼此深解的异性，还能不陷入情爱之中，这可不是一般男性所能做到的。只有那些心胸阔达、情趣高雅、心境超然、性情温暖如春，且"情""智"两商皆高的男性方可做到。这能不让我在蓝颜知己"难遇"前面，加上两个"更"字吗？

焕化之力

持有一份柔和、安然、向美的心境；能在一般的景色中看出风光，能从普通的饭食中吃出美味，能听出溪流的歌吟，能感出花开的笑颜，能觅出深幽处的彩虹，能让女子，生出温婉恬静的丽姿。

持有一份柔和、安然、向美的心境，能让你摒弃人世中的庸扰，心绪中的烦忧，在繁杂的世俗中寻得一份超脱的怡然；能让你的生活平添更多一点的美感，能让你的人生享得更多一点心悦的快慰。

心境确有着，绝妙的焕化之力。

岁 月

年年岁岁花相似，岁岁年年人不同。你莫要为岁月的流逝、容颜的改变、情谊的失落而懊丧。要知，花已不再是当年花，所以新生的瓣蕊鲜活亮丽；可人还是当年人，抵不过岁月的磨耗；清楚这一点，就会少一些愁虑烦忧，少一些庸昧困扰。放松悦然的身心能让流逝的年华孕育出别样的韵致。不畏年华的流逝，反而能减少岁月的磨耗，生命的活力可持续得更久远些。持久的生命活力才让我们有可能更多地品味到历练人生后的乐趣，那才是人生的精华。切莫让这精华在不经意间流失。一旦失去了，那你的人生又无辜地平添了更多的遗憾。

放松悦然的身心，颐养美好了你的内质。即使年华逝去，有了美美内质的你，依然光彩怡人。若无内质之美，即使再年轻，也绝无风华可言。

生活

哥伦比亚文学巨匠马尔克斯曾说："记得住的日子，才是生活。"此语，我认同。人们在一生中，度过了一天又一天的日日夜夜，一个又一个的一年四季，一点一点地将岁月度尽……在这一生无数的时日中，让你记住了那些人、那些事、那些自然万物；有欢乐有忧虑、有幸运亦有不幸；有些的那些，不但记住了，还铭刻于心了。

在这一个个、一件件、一桩桩被记住的，被铭刻于心的时日中的那些，都印含着、诠释着你对人生意义的追思与探索、人生情谊的感念与珍惜、人生美好的解读与爱恋；都印含着、诠释着你的向往与希冀。这些被记住的、被铭刻于心的时日，才是你此生，没有虚度的生活……

石痴
——石阅人性

  许多年前的一个初春，我听朋友讲，京城来了位奇特的老人，藏石过万。爱石的我便循址前去探望。在一个不大的展厅里，我见到了他。他年过七旬，须髯飘飘，浑身透着股豪侠之气。接触多了，对他有了些了解。他的人生经历非同凡响，他亦是个忽悲忽喜、狂放不羁的性情中人。精神之求、欲念之争、美与丑，在他身上都有着最为精到的演绎。

  他对石痴爱，视石如命。为生活所迫时，卖石如卖子。每当有爱石出手，总是心如刀绞，飞泪痛别。他为寻觅爱石，在戈壁荒漠，吃尽了人间辛苦，耗尽了精气神，几乎抛舍下了身家性命，也确实收获了异丽瑰宝，满载了幸福与苦难。

  有了财富，便引来了贪婪，他的周围从此没有了安宁。变相欺骗、巧取豪夺，在他身边上演着一幕幕的人间闹剧。他身处绝境之时，也曾接受过不少好心之人、爱石之人的慷慨解囊。资助他的、坑骗他的同样来自五湖四海，他胶着其中。他喜时眉飞色舞，悲时老泪纵横；窘迫时身边朋友无几，运来时高朋满座。到头来，仍是难了终身夙愿（藏石过万的他，朝思暮想着要建个规模大、品质高的奇石馆）。

自然天石，让他阅尽了人间风光，亦叫他尝尽了人间凄凉。他曾经受过生死的磨难，徘徊在地狱之门；也曾尽享过荣华，任撒风流。他有着瞬间欲念的贪婪，也有着悲天悯人的心怀；有时他浪漫得柔情似水，有时天真得恰似孩童；有时慷慨得洒尽豪放，有时吝啬得毫厘必争。他曾得到过情动天地的人间真爱，也曾忍受过亲朋疏离的戚惨悲凉。一生桀骜的老人，动情之时竟能号啕得泪流满面，可想而知，这泪水里饱含了多少不堪回首的怆楚。聪明绝顶的他，似乎迷离了一生，又有谁真正走进过，并深解了他的内心世界？

老人实在驾驭不了他的奇石给他带来的人间悲喜、世情祸福，最终用几乎一辈子的心血积累，托付给了地方政府（他亦得到了丰厚的回报），让他的奇石有了稳妥的安身之地。老人似乎从此亦安稳了下来。

老人因痴爱而执着，因不羁而狂放。已故去的老人，一生传奇又真实，性情纵然又纯然。

人性之问

北京人艺多年前曾推出新编史剧《知己》，这是部难得的好剧，其中蕴含着纯粹的人文情怀，洞观了人性的复杂变异、漠然与宽怀。编剧、导演和主演对剧中人物之精神与情怀有着极为准确的理解与把握，将这部原本难以用舞台语言表达的心魂之曲，展示得淋漓尽致。

清朝诗人吴兆骞出生于江南官宦之家，年少时便有《胆赋》《京都赋》等佳篇问世，是名震江南的青年俊才。后因受诬而卷入江南科场舞弊案，被放逐边陲。当一代词人顾贞观得知好友吴兆骞含冤罹难，身处绝寒之地，强服劳役之苦后极度悲愤，以一首凄怆哀婉、缠绵悱恻的《金缕曲》泣诉了对知己的无限思念与牵挂，哀鸣了人间世道的酷寒与苍凉。顾贞观为将好友救出苦海，倾尽了心力，耗尽了气血，抛掷千金，历经坎坷。最终，在被誉为"清代第一才子"纳兰容若的鼎力相助下将吴救出。而吴被救出后，已是形神判若两人，原本落拓不羁、豪放自持之秉性已荡然无存，尽显畏懦卑琐之态，漠然面对力排万难、鼎力相救的昔日知己，无半句感恩之言。他不堪严酷环境及人格被辱的折磨几近崩溃，性情大变，灵魂扭曲，面对久别的昔日知己，呈现出的是一片匪夷漠然。这不期的漠然带给视知己堪比生命的施救者以巨大的痛楚与失落。大义厚德的顾贞观终从最初的怅然震诧、困惑不解中缓醒，对吴兆骞的漠然，抱以了宽容之态。

本剧主演对舞台有着极强的驾驭能力，整场演出充满了爆发力，将顾贞观为救好友苦熬二十余载终不弃的感人至深的人间情意演绎得荡气回肠，令人潸然泪下；又将其面对好友人性变异、匪夷漠然之寒彻演绎得凄怆刻骨，动人心魂。

人生中有着千般的挚情，也有着万般的漠然。然而，这样的漠然伤及髓骨，充满着悲壮意味。本剧呈现的卑懦漠然与大义忠贞，揭示了人性之复杂变异，心智品性之宏实高洁与萎弱低下之截然。留给我们的是一串串振聋发聩的扪心自问：在漫长又短暂的一生中究竟该如何历练自己的心智品性？怎样珍惜护持难得的世间真情？怎样感念报答他人的厚重恩德？如何让自己的一生在精神上尽量丰盈豁畅，而少留遗憾？

正如本剧导演任鸣所说："这个戏是对知己的思考，是对于人性的反思，是对于人的复杂性的深刻表达。"《知己》，可谓是一部"人性之问"的，真正有分量的佳剧。

人生

　　人生就是体味、感悟、承受、品享、获得与付出的过程。人生所有的不幸、伤悲、欣美、欢愉、成功与失败，都是从一个过程走向下一个过程，从生到死。

　　月不可能天天满月，人生不可能事事如意。不管你怎样努力，谨慎；亦不论你有多么睿智，明晰，人生都不会圆满而无憾。人们要以明智和襟怀尽量摒弃人生过程中的污浊、伤怨，化挫败为良师益友；将人生的悲寒，练就为心基的底蕴，能在苦难中乐观起来的涵慧大勇。

　　贪婪的欲望是恶之深渊。人生莫要有过分的奢求，过分的奢求，只能给你带来心的浊重。轻松自在的心，缘起明清朗然的性；纯简乃世间之大美，人生之高境。生命有限，用心生活，"悔不当初"越少，人生就越接近圆满。初生的感受自己无觉，也无从把握；但临终的感受，是可以用自己的一生去把握的。

吾爱吾崇

　　"山"与"仁"同质；"水"与"智"质同；古人云：仁者爱山，智者爱水，真乃恰妙的比喻。仁者如山，悲悯之心，浩博凝重而恒固；智者似水，慧思涌动而不息。

　　有人酷爱汪洋大海，有人极喜高山之巅，而山水相依之景境，确是我的最爱。如云南大理的苍山洱海，西藏林芝的松巴措。那里的水阔不似大海无际，山高不及珠穆朗玛，却都彼此相依。山水相依之景境既有浩然宏厚之态，又具柔秀灵透之美，正如仁智皆备之人，胸怀悲悯而慧思不竭。

　　仁智皆备之人，具有卓卓仁智之慧心，是能将对人生的点点幽默欢跃与对世间深深的悲悯情怀融贯于一身的人。幽默欢跃之活泼，悲悯心怀之沉蕴，凝铸了他们富情趣、怀大义、拥博思的高卓品智。他们不会因怕被伤害、被疑嫉而固缚了自己，故他们才能抒情畅扬，思究慧达。他们惜珍人间生灵，爱己敬人。他们一生虽未必立了丰碑，却以其点点幽默之欢跃，活泼悦然着世情；以其卓卓仁智之慧心，抚慰细润着苍生。吾最爱依山傍水之景境，更崇卓卓仁智之慧心。

【叁】

唤知

她们在奇艰之境中年年岁岁默默地花开。这朵朵绽开的花儿，顽强地唤知着大自然无处不在，永无竭尽的美之力量。

美妙的时辰

　　黎明，一个美妙的时辰，她的到来，预示着漫天朝霞的即临，初阳普天的挥洒。她的到来，是曙光，是希望。我倾心这黎明的时辰，她在静谧中酝酿着欢腾，她在微暗中酝酿着明快。这酝酿，含着的蕴之美；美得令我沉醉……

　　每当看到一个相隔千万里的他（或她），一个遥遥之外异国的他（或她），与己同，都倾心着黎明，心头便会油然生出一股莫名的亲切感。

　　黎明，这美妙的时辰，她带给了我灵光闪现的一瞬，带给了我泉涌般的才思，还带来了我灵魂深处的心音。黎明伴着我，写下了一生中最想表达的文字、最想倾诉的思绪、最想抒发的情怀……黎明伴着我，留下了一生中最为真切的感受、最为涕泪的感动、最为深刻的感悟……

　　黎明，这美妙的时辰，给予了我不竭的朝气蓬勃，新鲜的力量。

一现的昙花，点醒的启蒙

　　当还是小孩子的我，便有幸见到了昙花一现。那晚，十时许，看到花苞开始有了细微的变化，我目不转睛，紧紧地盯着。当八九朵花苞的每一朵花瓣缓缓地，一一舒展开来，花的形态渐渐饱满起来，花朵变得越来越美；大约过了半个小时，整棵昙花的每一朵花苞都完全盛开了。看着散发着淡淡清香、如此雪白娇美的花朵，小小的心儿，被这神奇的美妙，激起了无比的欢悦……未待花儿渐敛，明日还要上学的我，恋恋不舍地放下昙花，洗洗睡下。

　　第二天清晨起来，昨夜盛开的花儿已完全闭合，那无比神奇美妙的时刻，那易逝的美丽，都让小小的我在欢悦中，有了一点隐约的伤感……那一点隐约的伤感，让小小的我，将那挽留不住的美丽留在了心间。那凝聚着神奇美妙的时刻，那易逝的美丽是点醒的启蒙，点醒了稚童去发现世界未知的欲望。她轻柔地掀开了稚童观望世间的眼帘，促其放眼寻觅世间的美丽。她悄然地开启了稚童心灵的天窗，任其想象天马行空。稚童至此一生想象着，追寻着……

春雨

　　打着伞，我在春雨中漫步，一阵风儿吹起，飘来了春的雨香，伴着迷人的雨香，雨点落到了我的唇边，心儿好像被轻轻地击打，泛起了一阵阵爱的波澜。那迷人的雨香，那唇边的雨滴让我感到了春的气息，清凉得叫人心醉，浓烈得令人神往。我不愿就这样匆匆地离去，于是放慢了脚步，收起了雨伞，任凭春雨淋洒……

　　在春雨的淅沥声中，春天啊，我听到了你脉搏有力的跳动声，我要和你紧紧地拥抱，我要尽情领略你无尽的春意，感受你春的生机；让春雨浸透我的肌肤，沁满我的心田……

月啊，月；迷人的月……

　　在我的笔下，极少提到月，不是对她无感，而是感之太多太多……

　　茫茫苍穹中，那一轮被闪烁繁星陪伴着的月，那披着缥缈云衫的月、那寂黑夜空中洒着清辉的月，还有那月中古老的美丽传说……浩瀚天宇中的那一轮月啊，她的天路遥遥，她的妙曼朦胧、她的幻化莫测，都蕴着无尽的美，引发着人们浪漫的丽想、深幽的思绪、绵绵的诗意……让人间的我们抬头望向她时，不由得从心中便会流淌出一首首千般柔情、万般心曲、唯美动人的抒情之歌；月啊，月；迷人的月……

绝美之作

一日，在大路远处的前方，只见一棵苍翠的松树上散缀着点点金黄，煞是好看；那点点金黄，是何装饰？心存疑惑，走近了，才知那点点的金黄，原是落下的叶；再看松树旁，紧挨着一棵银杏树，秋风吹落的片片银杏树叶儿，落在了松树枝上；这片片落叶，犹似树上开出的朵朵金花，又似只只蝴蝶舞上了枝头。这似花儿，似蝶的叶，让苍劲的松，显出了妩媚的姿；这苍劲与妩媚相偕，真是大自然的绝美之作……

一丝的快慰

　　一到春季，从初春到暮春总有花儿而相伴。那一日，我路过一园区，只是看了她一眼，便让我难忘了。她是一棵名为"垂枝樱"的樱花树，形态别致。她的花枝柔软，枝枝下垂，形如垂柳。缀满着朵朵粉色秀美小花儿的花枝，随着微微的春风，轻轻摇曳，姿态飘逸，犹如花仙子轻盈起舞；这美，美得令人心动。因那日阴天，想待春光明媚时，再用手机留下她的丽姿与亲朋分享；可左等右等，几日下来，不是薄霾，就是小雨；一周后，终于等来了，春光明媚时，再去见那极美的樱花树，原先那缀满了繁密小花儿的花枝上，竟未见一朵花儿，花儿已落尽。看着眼前落尽了花儿的她，心中不免有了一丝怅然……当我离开她，待走出几步之后，再回望她时，只见，虽没有了花儿的相伴，她确绿意盎然，溢满春色；心儿，释然了，便亦又有了一丝的快慰……

咏叹不尽

"冰清玉洁出红尘，摇摇曳曳落凡间。""惟有绿荷红菡萏，卷舒开合任天真。""不畏风霜向晚欺，独开众卉已凋时。""寒花开已尽，菊蕊独盈枝。"从古至今，菊花与荷花于国人都有着太多的寓意，太多的情愫。古往今来，人们赞美着她们，一往情深。她们一个美在了盛夏，有着出淤泥而不染的高洁；一个美在了深秋，有着迎萧瑟而不惧的傲然。她们都被世人喻作美德的象征；世人咏之，叹之而不尽。这不尽的咏叹，抒发着人们不尽的向德向美之情怀。夏荷，秋菊；咏叹不尽……

苍劲之美

　　以往去公园或野外，大多时，眼睛总是在寻觅着各色花朵；不太留意那些处处挺立的树木。几日前在中山公园里，一排环抱粗壮的松柏，吸引了我的目光。虽对苍劲之美早已有过不少的感触，但不知为何，这一次，我确真的被触动了。以往只是远观，这一次，我贴近了它们，真想用手去抚摸一下它们布满累累岁月留痕的树身；感受一下这漫漫岁月带给他们的千年沧桑。出于爱护，我最终没有伸出手去（其中有几棵，树身上还挂着"一级保护"的标牌）。虽经历了千年岁月的磨砺，可它们的枝叶依然繁茂，它们的树干依然坚实。他们抵御住了岁月的侵蚀，彰显出了顽强坚韧的生命力。这顽强坚韧的生命力，赋予了他们千年不衰的苍劲之美。

　　古老松柏的苍劲之美，深深触动了吾之心怀。

奇丽的骄子

生长在雪域高原上的杜鹃花，有的盛开在海拔几千米的高地上，有的盛开在冰雪覆盖的天地间。几千米海拔的高地上，那呼啸的狂风、那稀薄的空气；冰雪覆盖的天地间，那花朵上积着的白雪，那倒挂在花枝上的冰凌，让她们具有了坚毅之态，让她们具有了超然之美。她们是大自然奇丽的娇子，让你为之着迷，让你为之动情，让你为之倾心……

动人时节

初秋的风儿，送来了微微的清凉，给刚刚熬过酷暑的人们带来了久违的舒爽与惬意。仲秋，不但有着硕果累累的收获，还因与佳节的相逢，给人们带来了喜庆，带来了思乡思亲的万般思绪；满载了欢欣，满载了多多的情意。深秋，渐渐袭来了点点的寒意，萧瑟清冽的秋风，吹醒了人们，沉睡心底的呼唤，便有了深情的回望与潜心的思索。人生如更迭的四季，有着春的生机与烂漫，有着夏的蓬勃与热烈，有着秋的丰盈与思悟；有着冬的冰澈与静谧。

虽季季皆有意，季季皆尽美，而秋之深秋确实是一个，含着深情的回望与遥想，含着深切的喜悦与忧伤，满载着悠悠心曲，多思多感的动人时节……

说实在的，我不大喜欢"悲秋"的诗文。

一园荷花，满园情

在荷花盛开的七月，一日清早便从城的东南乘车奔向了城的西北，为的是看一眼，圆明园，那我久违了的一园荷花。

我走进圆明园，只见那，绿绦曼舞的百年柳树环抱着波光粼粼的一汪湖水，一湖又一湖，湖湖相连。满湖的荷花，品品种种；有的硕美，有的娇丽，有的明艳，有的淡雅；花儿形态各不同，有的才露尖尖角，有的已含苞待放，有的花瓣正在盛开；一派美奂。一园荷花的圆明园，树上有鸟儿鸣唱，湖中有野鸭嬉戏，湖畔有游人漫步，满园洋溢着欢喜。

圆明园，我们的名园，曾拥有过怎样无与伦比的华美辉煌，又曾遭受过怎样丧尽天良的损毁掠夺。如今的她生机焕然，已是一园荷花，满园情；美美在人间。

古老的城中园

中山公园在京城中，可算是我最心仪的城中之园啦。它与故宫相依，历经了岁月的变迁磨砺，至今却未见一点衰容，依然焕发着勃然的生机，可见国人对它护爱有加。它不仅有着城中园林的花木之美，亦有着"中山堂""五色土""兰亭八柱"等文史的印记；两者完美的呼应，让它永驻芳华。阔大的园地赋予了它舒然施展，尽情挥洒的空间。千年的苍柏又为园林的斑斓平添了古迈昂然的豪气，真不愧为城中园之极品。

在春日的中山公园里，高大的海棠树上缀满了花朵，朵朵花儿，宛若情窦初开的美少女，妍秀可人；枝干妖娆的桃树上，怒放着腴媚的花朵，肆意而美艳；一片片墨紫、殷红、橘黄、粉嫩、洁白、五彩多姿的郁金香，华丽而优雅；淡紫幽香的丁香花散发着迷人的气息。这满园似锦的花朵，弥散着芬芳，尽显着芳容，令美醉了的赏花人，依依再依依。

花之恋

春末,一夜春雨飘洒过后,满眼的春色更加爽丽了。我漫步在元大都遗址公园,海棠花溪河畔,看着流连在花溪河畔的人们,思绪飞扬。

树之花正在点点谢落,眼前的美景要待下一季方能再赏了。花树下,推着童车,白发苍苍的老奶奶指着满树的花朵,嘴里一直在向童车里的小宝宝念叨着"看看多美!"这,真是极好的美育启蒙。遛狗狗的大叔带着小型杜宾犬一家三口优哉游哉。个头小巧的爹妈和一丁点儿大的小崽围在大叔身边,小崽活蹦乱跳,不停撒欢,模样甚是可爱。提着鸟笼一走一摆,喜滋滋的得意大爷。在花树旁舞着长纱,顾盼生辉的妙龄少女。一脸温情推着轮椅陪伴病患的家人。面露忧愁的中年男子,衣兜中传出手机里播放着的越剧梁祝那凄美的曲调。也许他正在哀叹着一段情感的失落。上了年纪,对生活依然充满了热情,衣着鲜艳,欢歌笑语,活力四射的大妈们。坐在花树下,木椅上,长发垂落,低头看书的年轻女子,静美如画。还有划着木舟,用长竿器具打捞着漂浮在溪面上片片层层谢落的海棠花瓣,默默辛勤的劳作者们。

这人与景交织的花溪河畔,最吸引我的还是一位中年女子。

她碎花的长裙上罩着齐腰短衫，颈上散绕着一缕淡绿色丝巾，色彩明快。她手拉着一个蛮大的行李箱，边走边看，时而低头看着河面，时而抬头望向树梢，神情温婉；步不停，眼不歇，一路走去。她或是个即将返程的外乡来客，抑或是即将赶赴旅途的本地居者，无论怎样都定是事务繁忙，实在抽不出时间，悠悠地细细赏来，只好在返程或出发前匆匆而过。想来，她该是个怎样执着的爱花女子，才会不顾劳顿之累，这样不弃。

恋花之人，多爱意。她们和他们及溪畔之花都是我眼中多姿的景、心中多意的情。

唤知

　　她们花开在纵横沟壑边，嶙峋峭壁间，戈壁荒漠上，入云高峰端。她们无人精心呵护，极少被观赏赞美，极少有喝彩相伴。她们在狂风暴雨里，酷暑严寒下，极度干渴中，生生死死，永不灭绝。她们开的花，也许不够娇艳欲滴，妖娆妩媚，但确是那天地间绝美的色彩。她们在奇艰之境中年年岁岁默默地花开。这朵朵绽开的花儿，顽强地唤知着大自然无处不在、永无竭尽的美之力量。

叶之语

　　我曾为这春的大地增添色彩，曾为这美的人间点缀风光。我曾燃起过新的希望，曾被誉为爱的启迪。这让即将凋零的我，怎不哀惜。

　　哀惜着，自悟着，我是大自然的孩子，总要遵循着她的规律。我虽不能再由黄变绿，人们也再感受不到我春的气息，阵阵秋风还将催我落下枝头，可我仍要为这片深爱的土地，留下一点最后的心意。

　　想到此，我不再惆怅满怀，也不再忧伤哀惜……我，将随风轻轻地飘然而去，化作春泥沃土。

自然之缘
——天地恩惠

我对一切天然生成的美都有兴趣，都有着发自内心的喜爱，若能有幸见到时都会倾心赏之。其中最让我心仪的还要属奇石类，在其自然天成的晶泽温润、玲珑剔透、粗粝朴拙、坚挺峭削中，你能感受到它们曾经历过的风沙打磨锤砺、流水旋荡冲涤、日月轮回不息。千万年沉溶在大自然中的它们，饱吸着大自然的精华，它们都是大自然的精灵。无论形似松柏竹梅、清兰傲菊、山峦湖泊、亦仙亦兽、奇异怪俏或似行云流水美而无形；从它们的身上你都能嗅到生命的气息，看出岁月的流痕。

自然万物皆有缘，缘缘相系；世间万物皆有灵，息息相通。大自然将她的无言之美，奉予人类。我们在赏玩之时，更应谢念这天地的恩惠。

〔肆〕

斑斓人间，情与爱

这幸运将带给人间的我们更多更为丰富、细腻、美妙的心灵感受。让斑斓人间的我们体味、品尝到更多更为纯粹美好的情与爱，铭刻心间的感动。

欣欣然

能遇到一本心仪的书，是多么快活；今天得着了，令我喜出望外。

《世上如侬有几人》，是一本丰子恺老先生女儿丰宛音回忆父亲之作。女儿的文字如同其父的画作，小中见大，简中见功。其父用寥寥几笔便描绘出人生百态，倾吐出家国情怀。受父亲思想情操，文化艺术熏陶的女儿，承其父衣钵。行文有其父画作之风格，文笔简洁，寓意匪浅。

她在《慈父良师》《父亲写生趣闻》《女学生的紫围巾》《时人不解留须故》《速朽之作》等文中缓缓道来，生活气息漫漫；将其父的气节品性，对百姓、对生活的热爱，活脱脱地展现给了读者。再有丰老妙趣横生的幅幅小画相衬，小书更显得愈加充满生趣。

书中还另加带了几小帧丰老的漫画，对本来就特别喜爱丰老漫画的我，真是个意外之喜。这是一本上乘之作，得到她，让人从心底欣欣然。

寻觅与无视

　　爱花之人，追着花季，寻觅花踪，赏花姿，嗅花香，心美意惬；春花多硕美，夏花多明艳，秋花多萧丽，冬花多傲姿。无论花开哪季，都让爱花之人爱不忍释；真是花开季季，季季心随。若无此爱，别说去寻觅，就是美美花枝摇曳眼前，也会无视而不赏。对女子之爱，亦如是也。你会为寻觅你的所爱，追逐到天涯，倾心倾情；若不是你的爱，即使近在咫尺，即使再卓群，你亦会视而不见。

　　寻觅与无视演绎着人生百态，演绎着难以言喻的爱与情……

不解之缘

因与有些事物的关联，多年来，我会常常行走在建国门外大街上（国贸至永安里一段）。在这条宽阔大街的主干道（机动车道）和其两侧的慢车道（非机动车道）上有着川流不息的各种车辆及慢车道各一侧的人行道上有着熙熙攘攘的人群，以及处处可见的林立高楼；这些都让我感到了浓浓的生活气息、兴兴的繁荣景象、一派的生机勃勃，让我心生快意。铺就在主干道和两侧慢车道间及人行道两侧的几条绿化带上，有着高大的、苍翠的、峻拔的、蓬勃的、缀花的各类树木以及那艳丽的月季、挺秀的丝兰、长青的灌木、片片的绿茵……建外大街，她川流不息的车辆，熙熙攘攘的人群，她的树与花，花与草，她的动感与活力，她的层层叠叠，错落有致；构成了她刚与柔，健与秀的和谐交融之美；这美别有一番美意；每每在其上行走，走着，看着，都让我心生欢喜。在与她日久的相会中，我心生持续的欣悦之感……

人这一生可与人结缘，可与种种之物结缘，我确与一条大街结下了不解之缘……

有趣的浪漫

　　刚过四十，独身的她，虽已入了中年，可样貌依然显得相当年轻，身材苗条，体态优雅的她，还是常常引来他人的目光。家住六层的她，将不大的两居室，收拾得十分清爽。喜爱花儿的她，还精心养护了几盆花儿，每到开花季节，花儿开得都分外艳丽。天气好时，她会将几盆花儿，摆放到开放式的阳台上，让她们呼吸呼吸新鲜的空气，享受享受微风柔柔的爱抚，每当此时，她都会凝神赏阅着花儿，若有所思。虽是穿着家居服，那家居服的花色和样式亦是极雅致的；鲜艳的花儿和妍姿的她同框，构成了一幅弥散着浪漫气息的美图。这样的她，早已被人关注啦。

　　一日她正在阳台上，品赏着她的花儿，在抬头的一瞬，见一只鸽子向她飞来，并停在了阳台的护栏上（之前，她在室内也时不时地见过有鸽子停下，只是没有太在意）。她定睛一看，这只羽毛灰白相间蛮漂亮的鸽子嘴里叼着一张小纸条，见状，她有些发蒙，再朝鸽子飞来的方向看去，只见对面楼栋，同层的阳台上站着一男子，那男子正用手比画着，示意让她从鸽子嘴中取下纸条，受好奇心驱使，她并未拒绝，取下了纸条后，转身回到了室内。在她未取下纸条时，那鸽子一直目不转睛地盯着她，当纸条一被取下，它立马"嗖"的一下飞向了他的主人。真是一只训练有素的小家伙。

其实她也早已听小区有人说起过他，说他是个饲养信鸽的能手，他养的信鸽在比赛中还屡屡获奖。许是对鸽子过于痴爱，年轻时无心谈恋爱，错过了佳期，至今未娶。

据说那纸条上写的是一首挺别致的示爱小诗；不管最终结局怎样，能以这样极富想象力，又不失自尊，避免尴尬的方式示爱，就已足够有趣、足够浪漫的啦。

这有趣的浪漫，为这世间又增添了一抹可爱的，爱的喜色。

他的"宝书"

20世纪80年代末，在国外留学时，曾认识一位外国友人，常见他手捧着一本红色封面的英文版《毛主席语录》用心研读。他对毛主席语录爱不释手，他尊称《毛主席语录》为"宝书"。在他的"宝书"内页空白处，能看到他用英文密密麻麻写下的，自己的解意与认知。看着这些解意与认知，我不得不感佩，一个外国友人对中国领袖思想意识的理解之准确，之深刻。

毛主席确曾讲过不少富含寓意哲理、言简意赅、十分精辟的话语。真知灼见无国界，《毛主席语录》他乡遇知音。

小小的你，将是我甜甜的回忆

只因怕错过小小的你，一帧小小的门票，促使了原本就喜欢欣赏艺术的我，更多地走进了艺术的殿堂——中国美术馆。

几年前的四月初，当我在淅淅沥沥的春雨中，呼吸着清新的空气，怀着小小的期盼，又一次走近你时，遗憾地发现小小的你已不复存在了。据说从那年四月一日起，中国美术馆就不再发放门票了。失去了小小你的小小惋惜，让我在那一日观赏时，多少有些心不在焉了。

我曾在《收藏心情》一文中这样写道："一日，在收拾物件时，发现不经意间，我竟留存下了不少中国美术馆的门票。门票上印着的图案，多是选自那一阶段展品中的某一幅画作或某一件雕塑；能进入中国美术馆展出的作品，绝多都能称得上佳作精品。待我将一张张门票一一铺展开来，看到的俨然似一个微型展览。看着这一张张带着艺术气息的门票，我萌生一念——收藏。此后，每当拿到一张绘有新图案的门票时，我都会格外地欣喜，都会一一精心收藏起来。每一张门票，都是一个小小的艺术品，收藏下了它们，便是收藏下了一份热爱艺术的心情。"

　　我忘不了，多年前开始收藏你时，你一次又一次地带给我那小小的欣喜。可惜，小小的你，将不再是我现实的期盼，而将是我甜甜的回忆。

悠悠的思怀

　　在翻阅多年前的日记时，欣见一片小小的枫叶，她已在日记本中，静静地安睡了许久。一片小小的枫叶，早已从当年的鲜活红艳，化变成了一枚暗褐色、薄似蝉翼的叶之标本了。虽已过去了多年，可我还真切地记得，那年十月，在香山，在一棵枫树下，我用心地捡起了她，再小心翼翼地将她夹到了日记本中。她现虽已不再鲜活红艳，但我分明感受到了，她依然散发着的青春气息；这青春气息，将青春之时光，又带到了眼前，一帧一帧闪现的画面，让我陷入了悠悠的思怀，让我久久地回望……

一辈子不会忘记

　　几年前到俄罗斯旅行时，在圣彼得堡逗留的最后一天，我要去一个特定的地方，买一件特殊的纪念物，按地图指引，已经走到离目的地很近的地方了，可奇怪的是，看着地图上的标识，明明是已到了跟前，不知怎么就是找不到；手拿地图，询问了许多人，因语言障碍，终是弄不明白。就在我几近失望时，终有幸遇到一位 30 多岁，衣着简朴，看似很知性的女子。幸亏她英语不错（我俄语不行，英语还行），我拿着地图，指给她看要找的地方，她看后，问道："地图是新的吗？"我说，是当月入住酒店时，前台给的。她这一问显出了她的练达。她认可后，接着讲，七八年前她曾去过那里，就在眼前一条小河的对面。她似乎有事要赶路，见我呈迷糊状，片刻犹豫后，决定带我过桥试找。我俩边走边聊。她说很羡慕我能游历他国。她现在工作很忙，实在抽不出时间来，待以后一定会找机会到中国去走走看看。我们过了河上的小桥，走了不远，她看到一处不起眼的小标牌后，肯定地说："找到了，就是这儿。"她说她还有急事怕耽搁了，不能再陪我进去了，又担心他人不懂英语，于是迅速地将我需要的物品用俄文写在地图空白处后，就匆匆与我告别了。望着她匆匆离去，渐行渐远的背影，身在异国他乡的我，心生不少感慨……之前她那片刻的犹豫是有急事。有急事的她还能做到如此地细致周到，这已不是一般的好了。这不一般的好，让她成了我一辈子不会忘记的女子。

清冷内的炽热

　　她是个样貌秀丽，仪态典雅，举止端庄，待人处事略显清冷的女子，似乎从未见过她纵然情感的释放；无论是欢悦还是伤悲。她饱览诗书，才情过人。她一辈子洁身自好，孑然一身……略显清冷的她，实则有颗炽热的内心，炽热的内心里满是，盈盈的、似火的、动人的、唯美的情愫；许是眼光太高，未曾遇上意中人，许是心性太过孤洁，让她身上少了人间烟火的气息。她不曾尽尝世间的酸甜苦辣，更有美好；我惜着她，怜着她……

遗憾着，亦美丽着……

　　"你可以爱一个人，但仍然选择和他说再见；你可以每天都想念一个人，但仍然庆幸他不在你的生命中。"这是《你当像鸟飞往你的山》一书作者塔拉·韦斯特弗之语；此段话，别有意味，耐品。明明爱着，却不愿相守；明明每天想念着，却还庆幸他不在你的生命中……这些看似相悖之语，又是出自怎样的心境呢？始觉还应有更恰之语来表达其意，本想将她这段话，作一点修正，可斟酌了再斟酌，确找不出更恰的修正之语来。是啊，人生有着如愿如意、有着失落失意、有着多多的不可思议，有着多多看似矛盾着的心境，亦确有着多多说不清、说不透的缘由……是啊，这就是人生，遗憾着，亦美丽着……

一见到底之深不见底

一位知名作家在描写另一位知名作家时，说道："我喜欢这样的人，喜欢一见到底但又有极其丰富层次的人，喜欢因为这些层次或深入这些层次，而越来越感到他实际上是个深不见底的人……他一见到底的清晰，清晰的层次又让人，如此迷失（我觉得应有比'迷失'更恰当的词），难以把握。在我看来，这才是真正的深不可测，是敞开而又没有尽头……在表达异见时，他也是清晰的，明朗的，优雅的……"

他的这段描述，是对被描述者的深解……"一见到底""丰富层次""深不可测""敞开而又没有尽头"；这些特质，矛盾着又相契着。这样的人，想象着，一定是个心底澄明的、思想深邃的、才情丰沛的、满含趣意的人；仅凭着想象，亦让人喜愿探究啦。倘若遇上了，我亦会是喜欢的。

无法言说的美妙

读到一篇有关女孩儿与蝴蝶的小文，引出了我下面的文字：

当一种疼痛突然袭来（见一只蝴蝶被伤害），这疼痛来自一颗幼小的、稚嫩的、易感的、怀有悲悯的心；而这疼痛却被年长她的人们错解了起因，不被人们理解，甚至对这疼痛视而不见。小小的人儿，郁闷困惑、疼痛伤感、哭泣不止。

当这郁闷困惑、疼痛伤感，忽被一人解得，并释与了他人。小小人儿的郁闷困惑、疼痛伤感，顿时消散，别泪欢笑，轻松的心儿欲飞欲舞……这种理解加释与，有一种无法言说的美妙……

更多一点的爱意

　　到好友家小聚时，总能看到她家那只全身雪白，只有头顶染着一片浅褐色的，形似秋叶的猫猫，静静地蹲在落地窗下，出神地望向窗外。它也许正在向往着外面诱人的景色或无拘的自由……它有时也会悄悄踱步到我跟前，嗅嗅我的裤脚，然后抬头凝视我一会儿。它是我，爱心满满的好友，爱心大发时，捡回家的一只流浪猫。捡回时，还是一只小猫崽的它，可能因是被遗弃的缘故，自到了好友家后，特别地粘人，还特别地贪吃。好友形容它，刚到她家时的吃相："吃得不顾一切，吃得泪流满面（许是太过激动啦）。"好生动的描述。因特别贪吃，这只原来瘦弱的小猫崽，现已长成了一只体形硕大的胖胖猫啦。

　　它那静静地、出神地望向窗外的姿态，是那么优雅。它那凝视我的眼神，是那么不可思议。它让我对猫猫们，比之前有了更多一点的爱意……

打动了我

　　《可可托海的牧羊人》这首歌，听着听着，便将我带到了它的情境中；听着听着，我心中还泛起了一点小小的激动。自听到它后，我时不时地会哼唱起来。为什么呢？细细想来，原来不仅是因为它的词曲深情、纯朴、优美，还有在它歌词中含有的雪山、戈壁、美丽的那拉提（那拉提真的很美）及杏花儿……这些都是我喜爱的。

　　每当哼唱时，这些景象就会一一浮现在眼前，仿佛又身临其境了……那些触动过我的、让我流连的景象与词曲的深情、纯朴、优美漫漫的交织，让我回望，让我感怀。

　　《可可托海的牧羊人》，一首打动了我的歌……

手足情

　　手足情，这同一血脉之情，本应是人世间最亲近的、最暖心的情；却在人世间，被欲望等愚浊之念绑架后，有了各式的演绎，难以言说。北宋大家苏轼与苏辙之间的手足情，不但将人世间这最亲近、最暖心的情，演绎到了完美境界；还超越了"两最"，赋予了手足情，更为丰厚、纯粹、动人的内涵。苏辙——子由，无论其兄，处在怎样危难险峻、诡异莫测之境，他都给予了兄长最深挚的牵挂、最深彻的理解、最深切的抚慰。苏轼——东坡，对其弟，亦有着同样的深爱。他在给其弟的诗中写道："是处青山可埋骨，他年夜雨独伤神。与君世世为兄弟，更结人间未了因。"

　　他们的手足情，不仅是他们的人生之幸，亦为后人留下了无尽的情之回味，弥久的情之芳馨……

素简净然之美

我曾看到过一首名为《外婆》的诗，在那一行接着一行的诗句中，没有华丽的辞藻，没有深奥的隐喻，有的虽只是直白的、发自内心的表达，但满含着真挚的情感；既朴实无华，又情意绵绵，诗风素简明快，极富感染力，我真的好喜欢；读着读着，一位勤劳的、善良的、智慧的、可敬可亲的、浑身洋溢着满满爱意的苗族老人，便生动地浮现在了我的面前。

我以为，朴实的语言，若表达好了，就是清晰，就是真切，就是纯透。这样的诗句有时要比那些，所谓高深的，好似更有手法的，更为艺术的表达，更具素简净然之美，更能打动人心。

叶嘉莹

　　叶嘉莹，一个一生倾心于中国古典诗词的女子；人如其名，明透美好。她将中国古典诗词中蕴含着的雄浑苍然、妙曼婉约、幽美情愫，绵绵爱意，纷纷扬扬播撒在了人间。这播撒，启迪了思悟，丰富了情感，温暖了人心；亦安抚慰藉了她在生命中遇到不幸后，含着痛楚的心灵。

　　唐代诗人，于良史咏出了佳句："掬水月在手，弄花香满衣。"这佳句含着的唯美意境，好似叶先生，那安谧清宁、淡雅恬静、灵秀活泼的心境……

　　她将生命诗化，诗化了的生命，是如此的绚丽。这绚丽焕发燃放着人性之爱的光芒……

泪

　　已故去多年的散文大家秦牧先生曾在他的一篇题为《脊梁颂》的文章中，提及了鲁迅的"泪"。他在文中引用了一位日本学者文章中的片段，片段中记下了他人与鲁迅交谈后的回忆："在鲁迅一番抨击当时中国政治的言论后，与之交谈者问道：'那么你讨厌出生在中国吗？'鲁迅答道：'不，我认为比起任何国家来，还是生在中国好。'此时提问者看见他眼睛湿润着。"秦牧写道："在各种回忆鲁迅的文字中，我们是极少看到关于鲁迅流泪的记载的……想一想他噙着泪水的眼睛吧，那里面有多少激越的感情和震撼人心的言语。"是的，我相信。

　　世间的"泪"种种，有伤感的泪、思念的泪、感动的泪、悔恨的泪、疼惜的泪、喜极的泪……这滴滴泪珠，这行行泪水诉尽了人间不尽的情感；这滴滴泪珠、这行行泪水是人间情感，最真切的无言表达。

盛美之园

　　近十多年来，我一次又一次地走进中国美术馆，几乎观赏了它所有的展出，真是饱览了多多的艺术珍藏，无数精品；其中含有画作、雕塑、刺绣、书法、剪纸、陶艺、瓷器等等。在琳琅满目、精湛之作中，有的彰显着家国情怀，有的泼墨着锦绣山河，有的幻化着无边的遐想，有的雄浑磅礴，有的肃穆苍然，有的意境悠幽，有的盈满趣意，有的浪漫柔美，有的梦幻奇异……我流连其中，时而令我心花怒放，时而令我心潮澎湃，时而令我心旷神怡，时而令我心敬动容……我陶然其中，欣赏并感悟着美中的旖旎，美中的柔情，美中的温暖，美中的力量，美中的大爱……在那里，我源源不断地吸纳着美之滋养。这美之滋养，润泽着我的心田，振奋着我的精神，给我带来了心灵的欢愉，美的启迪；让我对美有了更多的体悟，更多的想往……

　　我感谢，历任美术馆的掌门人，并向他们致以深深的敬意。是他们初心的坚守、精心的呵护、超卓的眼光，为我带来了如此沁心丰盛的美之享受。

　　中国美术馆，你是我心中的盛美之园。

幸福的长卷

　　每当步入圆明园时，不由得涌上心头的，总是对当年入侵外寇那令人不齿的疯狂掠夺与野蛮摧毁的愤懑；这愤懑，在步步入园后，便又沉入了心底，铭记。步步入园后，只见在秋阳下，披着和煦日辉的那一棵棵高大柳树，垂下的柳枝如瀑；真是别有一番壮观；再见那银杏大道，一片的金黄灿然；再见那湖中秋荷，一片的静谧之美；再见那嬉戏的水鸟，一片的自然喜图；再见那欣乐的游人，一片的欢快景象……这一片的一片，连成了世间一幅幸福的长卷……

斑斓人间，情与爱

多情的感

多情的泪

多情的依依

多情的爱

世上有着这样一些多情之人，他们怀有一颗真诚、非凡又敏觉灵动的心。他们多情于人间的纯真情谊，多情于祖国母亲的怀抱，多情于天地之上的自然万物。多情的他们那颗富有情感的心持久地盛满着爱；这便是上天赐予人间的幸运。这幸运将带给人间的我们更多更为丰富、细腻、美妙的心灵感受。让斑斓人间的我们体味、品尝到更多更为纯粹美好的情与爱，铭刻心间的感动。

向往着更美的未来

　　不少大科学家都有着艺术的天分，倘若他们不是忘我地献身于科学的研究与探索，而是潜心耕耘在艺术的天地中，相信他们亦会是艺术天地中的佼佼者。艺术和科学，有着天然的同一性，都能激荡震撼人们的心怀，丰富滋养人们的精神，引人追索求真未知世界的美、自然万物的美、广袤大地的美、无垠天宇的美、鲜活生命的美……科学具有更为博大、广阔、深奥、迷人之美；能追索求真美的人，便多具人性之美，多具一颗向真向善向美的心。真正纯粹的科学家和艺术家，不但是美的追索求真者，亦是美与真的创造者。他们的追索求真与创造，引发了人类无限的想象，向往着更美的未来……

〔肆〕　斑斓人间，情与爱

弥久流芳

　　一个伟大的艺术家，一定深切地爱着自己的祖国，这是艺术的根基和源泉，是慰藉涵养心灵的力量。只有与祖国同命运共呼吸的艺术家才能永恒不朽。

杰出的她

她心地朴素，淡泊名利，如今几乎很少有人提及她了。可喜的是，两年前，在一日央视《向经典致敬》的栏目中，我见到了已是91岁高龄（2019年）的她，王健[①]女士。岁月早已改变了她的容颜，矮小瘦弱的她，容貌比一般耄耋老人，还要显得更加苍老些，可她的思维依然清晰，她的激情依然澎湃，她的襟怀依然宽阔，她的内心依然刚强、纯真、充满了阳光。她是1994年在央视播放的连续剧《三国演义》片尾曲《历史的天空》，插曲《卧龙吟》《这一拜》《民得平安天下安》《淯水吟》《哭诸葛》《貂蝉已随清风去》及广为人们传唱的《歌声与微笑》《绿叶对根的情意》《爱的人间》的词作者（曲作者均为著名作曲家谷建芬）。

[①] 王健（笔名碧雪。1928年9月28日—2021年7月30日）北京人，著名歌词作家，蝉联四届中国少儿电视节目政府奖"金童奖"一等奖、蝉联六届全国电视文艺"星光奖"一等奖；2005年至2010年多次荣获中国影视最高奖。近三十年来，创作歌词千余首（多获全国及省内大奖并被各电视台采用，多首少儿歌曲荣获"金童奖"等奖项）；策划创作近800台大型文艺晚会。王健曾任中国田汉基金会理事、中国音乐文学学会理事、中国音乐家协会会员、中国音乐著作权协会理事。她与谷建芬合作谱写了大量优秀歌曲，谷建芬称她为"一生最好的合作朋友"。

她还为名曲《二泉映月》填了词，填得极好极美。她还写下了，日记体散文集《牵牛花引》《海棠花引——文字与歌的纪念》；都写得极有水准。她不但有着仁爱悲悯的心怀、情系天下的大爱，她的文字还有着宋代李清照词作刚柔并济的风范，既含婉约，又含豪放。她说："歌词要求符合音乐逻辑、语言逻辑和生活逻辑，有动感，能歌能舞。"故在她的词作中，才呈现出了"诗中有歌，词中藏诗"的美感。她还说："自己是一只小蚕，吃了几片桑叶，吐了几条粗糙的丝。"故她心底安然而豁达。她亦是个独行侠，她独行是为了更加专心地记录沿途所见的碑文、匾文等历史留下的文字印记。可见她的用心与勤学。正因她，一贯地用心与勤学，她才会有着那么深厚的文化积淀，才能盛产那么多的经典之作。

她心地朴素，淡泊名利；让我们记住她，一位杰出的女子。

思怀不竭

儿时在家中的相册中看到了一位身着列宁装，梳着发辫，头微侧，含着浅笑的年轻女子。照片上的女子秀美端丽，笑颜恬静，不知是谁。待稍长后询问妈妈，妈妈告诉我，她叫严凤英，是戏剧界著名的黄梅戏表演艺术家，大名鼎鼎的"黄梅戏皇后"，又被人们亲切称为"黄梅戏女儿"。那是我第一次听到严凤英的名字，从此我记住了她。

因儿时在相册中的相遇，又从妈妈那儿得知了她，我便对黄梅戏和她多了份留意，虽无缘亲赏她的表演，但在后来重播的影视剧中还是让我领略到了她的熠熠风采。

黄梅戏已有200多年历史，源自皖、鄂、赣的民间戏曲。她是戏曲百花园中一枝芳馨浓郁的艺术之花，清新俏丽，唱腔委婉动听，且易懂。她雅俗共赏，独具鲜明的艺术个性及别致的风采，在国际上被誉为"中国的乡村音乐"。

饱受旧社会摧残，四处飘零流落的严凤英，对新生活充满了感情，新的生活激发了她积蓄已久的创作热情。她因1954年在黄梅戏电影《天仙配》中饰演七仙女而誉满全国。她的代表作还有《打猪草》《游春》《女驸马》《牛郎织女》《夫妻观灯》等。

她在戏剧中的表演，扮相俊俏明丽，身资灵动柔美，音色圆润悦耳，吐字真切清晰，唱腔韵律俱佳，颇有明末清初戏曲、文学、美学大家李渔所言"变死音为活曲，化歌者为文人"之功力。最难能可贵的是，她不仅是位表演艺术家，还对这门艺术进行了潜心钻研，为这一剧种的创新与发展作出了重要贡献。

她是个外表柔美，心思细腻、内性刚烈的女子。其他技艺都可后天练就，唯有天资不可习得，那是上苍的赐予。天资加勤奋，成就了她——艺术上的一颗夺目之星、一朵绮美之花。许是天妒极致，这颗夺目之星过早地陨落了，这朵绮美之花过早地凋零了。她不幸地过早离世，让人实难放下，令人思怀不竭。

不负丹青，不负人生

　　一次美展的参观，年轻的吴冠中被眼见的艺术之美震撼，这震撼人心的美唤醒了他的艺术细胞，他紧紧地拥抱住了这初萌的"美"之感受，至此情投其中。"……你也许会说，在巴黎也有花朵，你也可以开花、结果，但你是麦子，你的位置是在故乡的麦田里。种到故乡的泥土里去，你才能生根、发芽……"这是凡·高写给弟弟信中的一段话，亦是吴老心底的话。

　　吴老集极高的文化素养、入骨的诗人特质、犀利的哲学思辨于一身；亦能超越世俗见地，尽显清朗之风，堪称一代大师。

　　2010 年 7 月在中国美术馆举办了《不负丹青——吴冠中纪念特展》。现在离那次特展，虽已过去了十余年，可当时的情境，还历历在目。我去的那日，参观者众多，老老少少，络绎不绝。有德高望重、鹤发银髯的老者；有打扮时尚的青年男女；有穿着校服、朝气勃勃的少年学子；看来，对吴老尊崇的拥趸来自社会的各个层面，群体庞大。吴老的画作融汇东西、贯穿古今，爱者甚广。在这些参观者中只有一位男子引起了我特别的注意。此人年过五旬，皮肤粗糙黝黑，像是长年从事户外劳作之人。他身着半旧的老式白色跨栏背心、灰布短裤，趿拉着一双塑料拖鞋，手里还提着个带着环扣的塑料大水杯。这等着装，若是出现在 20 世纪五六十年代，甚至七八十年代都是司空见惯的，可偏偏是出现在了 21 世纪的国家美术馆，那真可说是难得一见了。只见他伫立在吴老的《秋无限》画卷前，凝视着画面，一副被深深打动了的神情。整个画面布满了挂着秋叶的梧桐树，由近及远，满眼的秋色。他似乎在此画中读懂了什么，若有所思，久久不愿挪步。吴老在对此画的解意中提到："……凡·高岂能邂逅李清照，但烈性与柔情，两个幽灵却都在我的同一幅画中穿梭，飘去，读了李清照词和凡·高向日葵，见了我所绘梧桐，或有所思……"一个劳作之人与一代画坛大师寓意高深的画作在这里相遇了，似乎有了某种心灵的契合……

吴老以对文化艺术的理解，深刻地表达着对人生的思悟与情怀，诠释着他人生的意义——不负丹青，不负人生。

永不衰落

音乐是心灵的语汇，她能将意境、情感、思绪的绚然华彩、激扬奔放、深深沉幽、凄美缠绵、飘逸空灵极尽表达，有胜语言之功。真正好的音乐能触动人心，聆听她，犹如心与心的交流，似知音。弗里德里克·肖邦正是驾驭这音乐语汇的大师。他的作曲与演奏同达辉煌，从庞杂的叙事曲、奏鸣曲、谐谑曲到不同音乐特质的练习曲、圆舞曲、幻想曲、夜曲、即兴曲等，他都有涉猎，并多有百年流芳之佳作。在他的音乐语汇里充满了对祖国的热爱、故土的思念、恋人的渴慕、爱与美的憧憬与向往。他音乐语汇的旋律，如诗如歌激荡人心。

肖邦的音乐如其人。舒曼誉其为"钢琴诗人"。才华横溢的他，一生命运多舛。在异国，音乐上的巨大成功丝毫没有消减他的思乡之苦。他极其伤感地称自己是"远离母亲的波兰孤儿"。虽然爱情之火总能引发他的灵感，激起他创作的冲动，亦能给他焦疲的身心带来些许安慰，但深绵的思乡之愁，还是常常令他心碎。客死异乡的他，临终前托付姐姐："请把我的心脏带回祖国。"39岁，英年早逝的他，给人们留下了太多的惋叹。

肖邦一生所创杰作多达百余部。他是19世纪最伟大的音乐家之一。祖国的文化，民族的音乐，就像种子一样，深深地播种在了肖邦的心田，亦如甘露般浸润着他。他的不少作品都凝聚着自己民族的情感，彰显着民族的风华。羸弱多情、细腻敏感的他，内心却有着浩气磅礴的力量。他以自己的音乐刻画祖国的命运，向全世界呐喊："波兰不会亡！"他的救国之举，被杰出的音乐家舒曼誉为"藏在花丛中的一尊大炮"。

　　一个伟大的艺术家，一定深切地爱着自己的祖国，这是艺术的根基和源泉，是慰藉涵养心灵的力量。只有与祖国同命运共呼吸的艺术家才能永恒不朽。肖邦如是，故他永不衰落。

天籁之音

一日在电视的音乐节目中遇见了她——罗琳娜·麦肯尼特。她的歌声极空灵、飘逸、幽婉，是真正的天籁之音。我被她诗一样的吟唱，深深吸引。想知道为什么她的歌声能让我如此陶醉，于是试着走进她。

罗琳娜·麦肯尼特，著名的爱尔兰竖琴演奏家、歌手，1957年2月17日出生在加拿大缅省草原地区。孩提时曾立志成为兽医的她，当感受到了爱尔兰音乐后，沉迷而逆转，从此投身于音乐之海。过人的天赋加执着的勤奋，刚过20岁的她便参加了加拿大久负盛名的莎士比亚艺术节的演出，初露才华。她也至此踏上了音乐的舞台，这朵艺术之花徐徐绽放开来。幼时乡间的无束自由，让她生性漫逸。成人后的她游历四海，游历丰富了她的人生，让她收获了时时涌现的音乐灵感。在游历中，她既有美的享受，也有失去亲人的悲伤。她自小喜爱读书，饱受文学的滋养，生性漫逸的她便有了诗人的灵韵气质，于是她的音乐就有了诗歌般的沉美优雅，形成了自己独特的演唱风格。有人称她的歌唱"像一首中世纪的长诗"。她的代表作有《自然元素》《驱走寒冬》《神秘之书》《平行之梦》《风吹麦浪》等。

　　她曾讲过：寻回高尚的价值，如真理，诚实，荣誉，勇气，尊敬长辈……把握自己的命运，不要陷入名利陷阱；富有同情心，切勿忘记如何去爱；树立宏伟目标并为所做的事感到骄傲；寻求平衡和空间，有时还有寂寞；尊重大自然的礼物；思考时有包容性……她的四海游历、广览诗书，让她具有了无束的想象，文学的内涵，哲理的思维。

　　她是一个能令歌声流入你心田的歌手。

感佩

　　梭罗所著《湖滨散记》①有多种中文译本，我手头上的这本译文，是王光林先生所译，其自然朴实的译风，是与作者的心境相适的，我甚为赞赏。早年读到她时，作者在书中所展现的别样的生活体验，特有的人文情怀，超然的人生感悟及大量对瓦尔登湖域的滢滢湖水、净美风光，以及其周边的森林、湖中的鱼儿、林中的飞鸟及其各色景物，那些真实的、极其生动有趣、含着唯美的描述（若没有身临其境的，持续地细致入微的观察，并具有一颗易感而又敏觉的心是不可能写出的），都深深地吸引了我，让我似乎发现了一个从未遇见过的、迷人的精神世界。他在书中还多次引用了中国古代哲人，如孔子等人之语；真觉，他是那个时代，一位真正博采众长的学者。那时的我，似乎对他有些崇拜啦。

　　近日再读，竟发现了书中一些，不能认同之说。那些不能认同之说，毕竟是百多年前的哲人之说；世界万物，精神与物质都在变化着，演进着，故对前人存留下的经典之作，取之精华，弃

---

①　《湖滨散记》又名《瓦尔登湖》。

之不恰，便好。虽发现了一些不能认同之说，但仅就他对大自然那般纯粹的热爱、深入的探寻、切身的体悟、透彻的解读及对生命的深刻哲思，就让我感佩不已了……

　　他尽享着大自然无私的馈赠，从大自然中汲取着无尽的启悟；他是个真正了不起的践行者。

纯粹的心灵

105 岁的杨绛先生走了。她安然洁净地离开了这个世界。她曾说："我们曾如此渴望命运的波澜，到最后才发现：人生最曼妙的风景，竟是内心的淡定与从容。""简朴的生活，高贵的灵魂是人生的至高境界。"在她身上呈现出来的，无论是品性、学识、才华、情趣还是容貌，我都喜欢。她真正是一位睿智的、富有才情的、极其可爱的、美好的女子。

她有着微风般的轻柔，冬阳般的温暖，又有着坚定持恒的心性。她轻柔地抚慰、温暖、拥抱着一切善意与美好。她坚守持护着一份，一生的相爱相守，不曾有过一丝的杂念。她曾对钱钟书说："从今以后，咱们只有死别，不再生离。"说得那么决绝，又那么深情。只有像她这样的女子，才能为爱说出如此铭刻人心之语。她是上苍，赠予人间的一枚晶莹的美玉，一枚纯粹的心灵。

〔伍〕 弥久流芳

弥久流芳

中国，有着无与伦比的古老东方文化的魅力，她曾吸引了久远年代、遥远他方，许多文化巨匠的目光，受到了他们的青睐；如，法国大文豪——雨果、俄罗斯诗歌的太阳——普希金、美国文哲大师——梭罗等。他们有着比与他们同处一个国度，一个时代的人们，对中国古老东方文化更多的理解、尊重与向往。雨果，他对中国文化艺术不但有着一往情深的热爱，由衷地赞美，并还有着相当准确的鉴赏与释解。普希金曾多次表示希望到中国去看一看（还特别提到过长城），他渴望去看一看，这个令他魂牵梦绕的地方。梭罗在他的著作中曾多次引用，中国古代贤哲孔子、孟子、老子等之经典之语；引用得恰好恰妙。

我想，这些久远年代、遥远他方的他们，不但本民族文化深蕴在心底，还有着超出一般人的敏觉感知及超出一般的领悟力和那拥抱世界文明的阔然胸怀；正因如此，他们才能成为文化巨匠，弥久流芳……

邓肯
——心灵的舞者

天生爱舞的我，年少时读到的一本《邓肯自传》，让我对真正的舞者有了更多的了解，有了更深的热爱。邓肯是美国著名舞蹈家，现代舞蹈的创始人。"童年早慧""一生散发着智慧的芬芳""理想中的舞蹈拥抱新世界"（其自传语）的她，天资聪颖，不仅有着超凡的想象力，还有着过人的勇气，更难能可贵的是，她还有着较强的思辨力；以舞蹈，讴歌着人类的正义。她创作和表演的最著名的作品有《马赛曲》《前进吧，奴隶》《国际歌》等。她不仅是位杰出的舞蹈家，还是位有着深厚学养、文采斐然的才女。

她对舞蹈的灵感，均是源自大自然的律动，大自然的美——那奔腾的大海、翻滚的波浪，那轻柔摇曳的花朵，那翩然飞翔的鸟儿……她善从各类艺术中汲取灵感，汲取精华，如音乐、雕塑、绘画等等。她认为"一切艺术的使命在于表现人类最崇高、最美好的理想。""在自然中寻找最美的形体并发现能表现这些形体内在精神的动作，就是舞蹈的任务。""可以通过人体动作神圣地表现人类精神。"她如同大自然的女儿，赤裸着双足，身着似水似云的薄衫起舞。她倾情的舞姿，时而优雅飘逸，时而奔放激昂，无论是优雅飘逸，还是奔放激昂，都舞到了极致。

她波澜跌宕的一生，"幸"与"不幸"相随。在她有生之年，身边始终围绕着众多的爱慕者，但终未得一真正与之相亲相爱、能厮守一生的伴侣（这与他人的薄情有关，亦与自己的放纵有关）；一再丧子（与情人所生）；终在遭遇一次相当惨烈的意外事故后，过早地离去了（她滑落的长围巾，被汽车车轮绞住，颈骨骨折身亡）；她是不幸的。在她的有生之年，能倾心于自己热爱的舞蹈事业，并创造了在她那个时代、独一无二的、属于自己的一片熠熠的舞之天地，绽放出了灼灼的华美光彩；被誉为"心灵舞者"的她，终还是幸运的。

千古才女第一流

暗淡轻黄体性柔，情疏迹远只香留。何须浅碧轻红色，自是花中第一流。

梅定妒，菊应羞，画栏开处冠中秋。骚人可煞无情思，何事当年不见收。

李清照的这首诗，我甚喜；前面几句，写出了诗人独到的审美心向，写出了她不羁的清傲品格，写出了诗人情系的内敛之美。最后一句"骚人可煞无情思，何事当年不见收"嫌怪诗人心目中崇尚的屈原，为何在《离骚》中提赞了种种花草，可偏偏遗漏了桂花。因为崇尚，这看似嫌怪，实则是对桂花的极赞。这最后一句，还让我看到了诗人不仅有着婉约与豪放之风，还有着那么一点点可爱的俏皮之态。

桂花，在李清照的笔下，自是花中第一流；她在世人的眼里，自是千古才女第一流。

我真的，感谢他

在中国美术馆《美在耕耘——中国美术馆 2021 新年大展喜迎瑞牛》书画展中，展出了诸多大家画的各种形态的牛，真是活灵活现，栩栩如生。当见到双角上各插着两朵大红花，脸上的神态露出了一点顽皮，喜滋滋，笑眯眯，一头胖乎乎，憨态可掬的大牛时，我的目光顿时被它吸引住了，看了又看，看着看着，不禁哑然失笑；画得真是不一般，真是太有趣啦！这样的创意，将牛画成这般可爱的模样，只有出自漫画大家丰子恺老先生的妙笔之下啦。图上照例配有丰老朴实又风趣的诗句——"红花两朵插牛头，辛丑新春应属牛。祝你今春耕种好，风调雨顺庆丰收"。

丰老，一位眼善见趣事，耳善闻趣音、脑善酿趣思，满笔趣意盎然的漫画大家，给世上带来了那么多的爱意与欢快；这爱意与欢快，真是为世人，增添的一点福分。

我真的，感谢他；心里话……

精神之碑

铁生离开我们已近 20 年了，可人们至今仍对他念念不忘。

铁生是当今文坛上不多的能用文字真正触及读者心底，用深静之态剖析生死大意，将文才与哲辨之思浑然于一体，将深奥道理做显易表达的运笔之人。他称得上是我们这个时代文思哲辨之大家。

铁生，我起初对他的敬意，多因他的身残志坚；随着他的文字不断面世，看得多了，才真正有了想走进他的内心，试着去读懂他的渴愿。此后我几乎读遍了他的所有文字。他身患重疾而不颓不倒，这多表现了他的意志。深入他的文字，才知晓：他不但有着坚强的意志，亦有着高远的心性。他在与病魔的对抗中，始终保持着幽默与风趣，以重痛之躯不断进行着大智慧的思考。

他本有才华，也可能此生被繁杂埋没，但重疾让他专注而奋发。他本有智慧，也可能一生深蕴心底，但重疾让他迸发出了光辉。上天为你关上一扇门，定会为你开启一扇窗。若没有这一扇窗的开启，或许就没有了他那思辨异彩的隽永。

他的文字总能让我怦然心动。字里行间，时而满含温润，时而锐不可当，时而流露出自然天成的幽默。他的思考深刻而灵动，

启人心扉；他的思辨精辟而透彻，令人信服；他的反诘透着睿智的黠慧，令人叫绝。当然对他的某些观点，如神与宗教之释解等我也不一定都能完全认同，但这丝毫不影响他在我心中的卓越形象。

铁生，他以自己乐观面对不幸，坦然面对生死的豁达，以自己勤奋不懈的思索，潜心深入的探究，为世人树起了又一座精神之碑。

【陆】

生命的共鸣

彼此懂得，是人生最动人的心灵契合，是人生最贴心的心灵陪伴，是融入彼此生命中的温暖；这温暖，让彼此更多地感知到了生命中的美好……

热泪浸润了大地，浸润了人心 ①

当新冠疫情突袭而至，武汉被封城之后，在武汉人民面临极度危难艰困之际，党中央一声号令，来自祖国各地的医护人员，精兵强将们，神速集结，不畏生死纷纷奔赴抗疫前线。他们在武汉这片大地上，为救治病患，挽回生命，付出了巨大的努力和难以想象的艰辛。他们倾心倾力与武汉人民共克时艰，共渡难关。他们以英勇无畏，舍生忘死的精神与这片大地上的人民凝结下了生死之交；这生死之交，谱写了一篇篇感天动地的壮美诗篇。

英雄的武汉人民，了不起的鄂域人民，不但有着为了家国的大义担当，坚持到底的坚韧刚毅，亦有着暖暖的悉心，柔柔的温情。来自他乡的医护人员亦被重情重义、知恩图报的武汉人民深深地感动着。当武汉疫情全面向好，医护一批批撤离之时，武汉人民用各种方式，向白衣天使们表达着感恩之情，驰援者和受援人，纷纷挥洒泪水，这泪水里含着送行者的不舍，被送者的难离。这一个个感人的送别场面，亦让观者含泪。

热泪浸润了大地，浸润了人心……

① 该文写于 2020 年 4 月 3 日。

晚情相惜

——记两位文化老人最后的相聚

1991 年初夏，黄老①拖着病体，执意赴津看望他心中一直牵挂着的老友孙犁。得知能陪同前往，能见到仰慕已久的文化老人时，我兴奋不已。孙犁是现当代著名的散文大家，"荷花淀派"的创始人。他的作品清新、淳朴，脍炙人口。

那天当我们见到孙老时，本就清癯的他身体已显得相当羸弱，但精神尚好。他与黄老相识已久，见到多年未谋面的老友，两位老人都分外高兴。他们忆往事，话当年，漫谈开来。两位老人虽有长叙之愿，却已无长叙之力，相谈还未尽兴，病体已显不支。见状，我即向黄老提议告辞，黄老点头，孙老也未再挽留。孙犁老人，坚持送出了院门。我们的车启动后，他还未离开，此时的黄老，眼已含泪。

有着共同信仰、性格迥异的两位老人。一位是淡泊从容，深扎乡土的文学大师；一位是刚猛豪气，跌宕一生的资深文化人。

---

① 黄钢，《永不消逝的电波》电影编剧之一。曾写过一些在中国报告文学史上有着重要影响的作品，如《亚洲大陆的新崛起》等。

在他们大好的年华里，一位坚守敌后，曾是那么深邃、敏悟；一位奔赴延安，曾是那么奋勇、激昂、豪迈。他们同是投身革命，讴歌抗日，讴歌英雄、讴歌人民的文化战士。他们暮年最后的相聚，在离别时透着隐隐走进人生边上、彼此相知相惜的晚情，令人动容。

前辈的足迹，是我一生的追随

妈妈是一个贫家的女儿，爸爸是一个富家的子弟。他们虽出身不同，却都在年少时信仰了共产主义。

妈妈近乎传奇的一生，经历了太多的严寒风霜，危难不测。妈妈虽不比巾帼英雄，但她确实是了不起的中华女子。妈妈很小就加入了革命队伍，在战争年代，出生入死，在和平年代，尽心尽责。她忠于信仰，热爱生活，是个心中永远洋溢着热情、充满着活力、满怀着希望的人。妈妈有着明透似水的心地、有着正直豁达、爽朗乐观的品性。

妈妈虽未给过儿女们太多细润的慈母温情，却给了我们精神的支撑，教会了我们应该怎样对待生活。她那超出一般的坦荡襟怀，给予儿女们更多的是对家国和人民的忠诚与热爱。在她身上浸透着中华女子秀外慧中、刚柔相济的大美气质。

妈妈，我最最亲爱的妈妈，女儿深深地爱着您……

爸爸，只因是您的女儿，故我总是在告诫自己，不能懈怠，必须进取。

您出生在一个十分富有的家庭，当您还是个令人羡慕的翩翩美少年时，面对积贫积弱的祖国惨遭外寇侵辱，千千万万的劳苦大众生活在水深火热之中的您便下定了决心——追寻真理，以救国救民。您终追寻到了共产主义思想，这思想成了您的信仰；为了这信仰，您奉献了一生。

您是那么清朗俊逸、学养深厚、睿智通达、清正廉明；卓荦而不同凡响。从抗日战争到解放战争，直至建设新中国，您舍生忘死，竭尽心血为国为民。您虽贡献卓著，可您从不居功自傲，从不索取，一生勤做。

我坚信您信仰的是为国为民，光明惠世的真理。我没有理由不信奉您的信仰，遵循您心中的向往。

我真的感谢您，感谢您，我最最亲爱的爸爸，是您给了女儿不竭的精神之源；这天然血脉的传承，让我有了一颗永不枯萎的心。

最最亲爱的爸爸、妈妈，你们的足迹，是女儿一生的追随……

彼此懂得

　　我以为，原本有着同一胸襟、心性、人生观的人，若有缘相遇，又能持续着敞开心扉地交流，尽情地互诉衷肠、时时地分享心情，便能由相识至相知——彼此懂得；在真诚又暖心的交流中，彼此愉悦着身心，滋养着精神，提炼着心智——彼此懂得。彼此懂得，是人生最动人的心灵契合，是人生最贴心的心灵陪伴，是融入彼此生命中的温暖；这温暖，让彼此更多地感知到了生命中的美好……

生命的共鸣

男女之情，若超越了"情爱"之交，你会愈加地珍视并沉浸于那相知相惜的情谊之中；在那里，你能感受到没有痛惜的，没有羁绊的，莫逆于心的，心灵相拥相握的，无比的欣悦与快慰……经久的，莫逆于心的，心灵的相拥相握，便会有了生命与生命的的共鸣；这共鸣交汇着涤荡与收获，激荡起飞扬的神思、焕发起彼此无限的激情与活力，让彼此持续地、深刻地感受到波澜动人的人生体味，新鲜的生命喜悦。只有超越了情爱的情谊，才是人生最纯粹、最刻骨、最唯美、最绵长的情谊。只有真正感受过了这经久的、莫逆于心的、心灵相拥相握的、生命与生命的共鸣，才算真正体验过"死而无憾"的畅觉。

心与心的对话交流

读着，无论是古人还是今人写下的文字，若那文字吻合了你的精神诉求、欣赏品味，于是不知不觉，在无形中，你便与笔者有了心与心的对话交流。

读着，笔者笔下的那些既有着深邃哲理的精神内核，又有着清宁阔然的悠悠意境，还有着灵动活泼的不拘想象的幽美文字；文字中所表达的慧言智语、敏思见地予你启迪，引你入潜心的探求追索……你与之对话交流。这与笔者卓越思想、尚美品味、满含意趣的对话交流；这超越时空的对话交流，让你飞脱了眼前的局限，在更为广阔的精神世界里遨游，让你的心底更加的透彻澄明、更加的柔软细腻、更加的毅然坚韧……这令人着迷的心与心的对话交流，让你兴意盎然，让你与之心系久久……

【柒】

美在路上，感在心间

存世千年的她，让飞天后人望而起敬；又警示着今天的我们，去浮尘、潜用心、弘文明。

永驻的芳华

华山是五大名岳之西岳，自古华山一条路，以其雄险著称。攀越华山让我真正领略到了，出自唐代诗人刘得仁笔下"翠拔千寻直，青危一朵秾"的惊艳之美。

沿着崎岖山路向上攀去，我为在大山里看到的每一股岩缝中溢出的溪流，每一朵峭壁上绽放的花朵而动情。我穿越在清幽山径，峭石林立之间。大山的雄姿，天落的瀑布，蔽日的苍翠，盈旺的泉水、涧水击石的欢吟，都令我陶醉。我先后攀上"千尺幢""百尺峡""天梯""苍龙岭"；千丈悬崖边，狭窄陡峭的险径，让我发出了对前人绝壁辟路的仰叹；站在华山之巅，让我如立云端，慨然畅呼。

从古至今，咏赞华山奇绝的篇篇诗文，寄托抒发了多少仁人志士、诗侠豪客们的壮怀心志、畅逸之情，圣莲华山有着她巨大的独特魅力，它的峥嵘山势、奇绝雄险令人敬畏而向往，让攀登者有种追求精神高度之欲求。中国古老醇厚的文化内涵，蕴藏在了大山雄厚的胸襟与怀抱中。

圣莲华山，五峰环依、峰峰相持，宛若一朵向天盛开的莲花，喷薄着永驻的芳华。

美在路上，感在心间

2006年9月初，我乘火车进藏了。选择乘火车进藏是我已久的期许，自打2001年青藏铁路格拉段开建以来，心里早就在默默期待了。乘坐火车可将旷古、苍丽、辽远的途中景色尽收眼底。此行伴着火车运行的节奏，真是饱览了一路绝色的风光。火车行至格尔木，便驶进了浩瀚寥廓的高原戈壁，巍峨苍茫的昆仑山脉绵延不绝，海拔六千多米的玉珠峰绝世独立；可可西里荒原空旷辽阔，一望无边；浅静的楚玛尔河畔入秋后，草已泛黄，灵俏的藏羚羊偶有出没；古老长江的始源——雪山冰川汇合而成的沱沱河，河面宽广，河水低缓而行；飞驰而过全程最高点，海拔五千多米的唐古拉山口，那一刻，亦真亦幻；再遥望高远雄迈的唐古拉山峰，皑皑白雪已与苍穹相融，真有惊天之美；藏北旷野——广袤无垠的羌塘草原上时而闪现藏野驴、野牦牛、黄羊的身影，玛尼堆、经幡、古塔点缀其中，罕见人迹。

在拉萨城内，我怀着崇敬之心，郑重地迈进了布达拉宫。布达拉宫是世界上海拔最高、规模最大、最宏伟的宫殿群座，是藏传佛教至高无上的圣殿，是中华悠久、宏博、灿烂文明中，一枚璀璨的明珠。

天湖——纳木错。过了海拔约 5200 米的那根拉山口，到了世界上第一海拔高度的咸水湖——天湖时，放眼望去烟波浩渺、水天一色，心中溢满了对大自然的敬畏之情。

羊卓雍措——被藏民称为天鹅池，就像是镶嵌在高原上的一块晶灿的瑰宝，又像是高原上的曼妙少女，芳姿婀娜。高原之湖的奇美，恰似人间仙境。

从拉萨到林芝，一路满目风光，美不胜收。雅鲁藏布江支流尼洋河时隐时现，时而宽阔平缓，时而狭窄湍急。"中流砥柱"巨石岿然屹立在尼洋河一处急流之中。清澄的波涌在巨石边激荡，洁白的浪花翻滚抛洒，犹如碎玉飞花，美极。尼洋河的浅流处，几只野牦牛在水中嬉戏的景象，宛若一幅罕见的天然水墨画，醉人。

临近林芝的巴松措，藏语为"绿色的湖"。深湛碧澈的湖水、环绕的山峦、深幽的茂林有着恰似江南的翠秀葱郁，又有着雪域高原的寥远恢宏。高峡深谷间，这泠透的湖域倒映着雪色的山巅，身临其中，如入天梦之境。

一日雨后，在高原明透的阳光下，只见遥远的地平线上弯起了一轮极为绚丽秀美的小小彩虹。那是我今生见过的弧形最小巧、色彩最绚丽、最秀美的一弯彩虹。

带着一路惊赞来到了拉萨，欣喜地发现，我几乎没有高原反应。在西藏的二十来天，只能算是初识了她。我在大自然律动的气息中、天地信仰的赤诚里，雪域澄澈的阳光下，得到了极美的心灵体验。离开的那晚，天穹星星闪烁，我游走在拉萨清幽的夜色下，流连在她高古苍晖的气息中。这气息弥漫在我心灵深处……走过她，我从心骨里升腾起一份只能意会不可言传的喜悦，自感胸襟更加阔然，心境更加明澈，气韵更加柔润，心生更多欢喜……

因对乘火车来时途中感受的留恋，我改变了原先乘飞机返京的计划，又乘上了返回的列车，又见一路的瑰丽奇景。藏民称为七彩神湖的措那湖，湛蓝潇澈的湖面宛如明镜，粼粼波光辉映着万幻千姿的朵朵白云，天水相接，逸美绝伦。西藏之行，融于天际，得之清宁，意境惬悦，真可谓美在路上，感在心间。

相见泸沽湖

因路遇险情，我们一行人一早从丽江出发，到落水村已很晚了。我们被安排在了一个不错的院落里，吃过晚饭已近晚上 10 点了。我住进了自己的房间，本想赶紧洗个热水澡，一解途中的疲惫，可刚准备脱衣，就突然停电了；没法儿，只好摸黑出门喊服务员给送蜡烛来。这时，刚入住的人们也纷纷跑出了自己的房间，站在院中嚷嚷着让服务员赶紧去取蜡烛来。此时不知是谁，突然高声道："你们快看天上啊，星星！好多！好大！好亮！"黑乎乎的院子，谁也看不清谁。我相信大家都像我一样，立马扬起头来望向天空，天空一片璀璨，那满天的繁星，晶亮闪烁；那满天晶亮闪烁的繁星顿时为我除去了所有的疲惫。

第二天，一早醒来后，拉开窗帘，扑面而来的是连天湖水，不承想，昨晚我们竟与泸沽湖同眠。我走出了院落，向湖边走去，朝阳正缓缓升起，漫漫的霞光，薄薄的红晕，映着滢滢的湖水；疏落的人影，祥宁的恬静，都透散着天然的美韵。此刻的女儿国——泸沽湖，吻合了我的想象。

在泸沽湖的几日，如同在丽江古城，一过了上午 9 时，一拨又一拨的游客，便将泸沽湖搅得热闹了起来；不再静谧清宁的她，便少了天然的美丽韵致。事物总是矛盾的。游人喜欢游历最古朴、最原始、最自然的景色，可这些地方往往出行艰难、险不可测，游人又不便前往。可一旦被探寻到，被开发了，她也就会渐渐地远离了她的本真……世间万物，就这样永远矛盾着、变化着、继续着。人类也在不断严酷的教训和惩罚中，反思着、悔改着、努力着，希望在人类的护爱下，大自然能延续她的生机，减缓她的消衰。

泸沽湖，我曾走近了你；走近了你，又多了一点点的惆怅……

泫泪之美，恒久华粹

乘火车从兰州到敦煌途中，过了嘉峪关，伴着火车上扬声器传来委婉清扬的塞外边曲，望着车窗外与天际相连的茫茫戈壁，即使是隔窗相望，还是让我有了身临其境之感。那渺无人烟、静谧低沉、怆然荒凉之美是我从未目睹过的。世间之美五彩斑斓，唯有这美让人心动得泫泪。能为这美心动泫泪之人，定有一枚洁然而又耐得住寂寞的灵魂。

在极少有雨的敦煌，我抵达的当晚即下了一场中雨。第二日，天地一派清朗。在蓝天白云下游览了鸣沙山。明澈的月牙泉静卧在迭起的沙丘之中。泉映着沙，沙拥着泉，那无法言喻之美，只能用心去感受。

之后，我游览了莫高窟，游览了雅丹地质公园。莫高窟，心慕已久。走近莫高窟，满眼的古老繁盛，满眼的岁月沧桑，满眼的艺术瑰宝。莫高窟凝聚了历代人无尽的才智与毕生的心血。存世千年的她，让飞天后人望而起敬；又警示着今天的我们，去浮尘、潜用心、弘文明。

在雅丹地质公园，我见识了酷酷的雅丹地貌，那纵横庞大的石群，不尽的奇姿异态是自然之力，让人多了几分对自然莫测的猜想和敬畏。莫高窟与雅丹地貌，一个人为，一个天作，都是恒久的华粹。

不朽 ①

2015年6月26日乘火车入俄境后，就有了乘火车赴藏的感觉；6天的车程，白天不再闭目养神，生怕错过瞬时的景致。森林、草原、碧水、鲜花；一个美景接着一个美景。

火车过了伊尔库茨克站，列车两边时有湖泊相伴，据说湖水来自贝加尔湖。很快列车靠近了贝加尔湖，之后开始了绕湖之行；窗外雨雾迷蒙，湖水似近在咫尺，又似远在天边。浩瀚的密林环着浩淼的湖域，这浩瀚与浩淼构成了博然的壮美。

火车绕湖行驶了数小时，我始终坐在车窗前恋恋相望。在这唯美静澜的景境中，偶尔能见到点点身影；点点身影中见一老妇和一中年男子。老妇身背小行囊，男子身背大行囊。两人徒步湖畔的身影，疲惫又坚韧。形同母子的他们不知是要走向远方，还是正在归乡途中。他们在遥遥旅途中又曾遇到过了怎样的艰辛？我凝望着，直到两个疲惫又坚韧的身影远离了视线所及。这人与境的交融极具画面感，极富感染力，让我有了太多的想象。再看那连天无际的湖域，顿觉胸怀阔然，不禁让我心生感慨，能产生如此多的伟大文学家、艺术家之国必有其根由，必有孕育其成之沃土。

广袤的大地，坚韧的民族，悠久的历史孕育出了不朽的文化。

---

① 该文写于2016年。

萦然于怀 [1]

赴俄游，我的主旨是，品人文。

到了莫斯科当天，酒店服务员便给了我一张该酒店专为游客制定，标有俄、英文的地图。地图上对莫斯科的重要人文景观都有着明显标示。我看过后，知晓了莫斯科著名的阿尔巴特步行街，离入住酒店很近，且直通红场与克里姆林宫方向。酒店到红场虽不近，自觉步行还可及。于是第二天早餐后，我就走出酒店，迈开双腿，起始了一个路盲劲走莫斯科的经历。

我走入阿尔巴特步行街，在街的中央见到一宣传画廊，上面展示着俄罗斯领袖、民族英雄及奥运金牌获得者的画像，俄罗斯确是个崇尚英雄精神的国度。步行街两旁的建筑多为俄式风格，街间安放着不少长凳供游人小歇。街上还有不少肖像画师，时有游客光顾。画师有男有女，有老有少，展示的画作中亦能见到一些上乘之作。艺术在俄有着深厚的民间积淀。街的尽头，离红场还有一段较长的距离，我依照着地图，一路走了下去。

---

[1] 该文写于 2016 年。

红场、列宁墓、克里姆林宫、无名烈士墓，这些早已在文字、影像中熟悉了的地方，这次都一一亲见了。位于红场西北侧，克里姆林宫红墙外，亚历山大花园内的"无名烈士墓"大理石上写着"你的名字无人知晓，你的功绩万古流芳"。墓前五星火炬中喷出的长明不熄的火焰，守卫无名烈士墓的卫兵，庄重的神情，铁板的军姿都表达着对烈士崇高的敬仰。走出肃穆的地下列宁遗体安放处，便见一排开国元勋的半身雕像，雕像座基下是花坛，整体感显得既庄重又温暖。很多游客与他们敬仰者的雕像留影。不管历史怎样演变，一个国家对自己信仰开拓者不变的尊崇，是令人感动的。信仰开拓者的功过，自由历史评说。

　　之后二十来天，我先在莫斯科，后在圣彼得堡四处劲走游览；走进了克里姆林宫、普希金博物馆、莫斯科现代艺术博物馆、冬宫博物馆、俄罗斯国家博物馆、普希金故居等名胜之地。

　　在莫斯科，在圣彼得堡，只要是徒步 2 小时内能抵达之处，我一概步行前往。用双脚在大地上行走，你能看到、触到坐车看不到、触不到的人、景、物。于是我走进了悠久灿烂的文化，走进了市井民间，走进了斑斓景色。一路走来的所见所感，有深深的触动，有倾心的眷恋，还有时时不约而至的浑厚的温情；萦然于怀。

涅瓦大街，涅瓦河 ①

　　一早从莫斯科出发，乘上了开往赴圣彼得堡的高铁列车。
我未像大多游客那样选择乘坐晚上出发、早上抵达的普通列车，
那样车票要便宜很多，还能省下一晚的住宿费。可夜晚车窗外
漆黑一片，看不到一点沿途风光，可惜了。我之所以喜乘火车
旅行，就是不舍沿途风光。

　　因在国内出发前预订的酒店出了点差错，几番不顺后，好
运惠顾。我在圣彼得堡最终入住到一家临近涅瓦大街，闹中取
静的酒店。酒店位于涅瓦大街侧旁一小街上。小街边绿树成荫，
连片花丛，相当幽雅，离东宫及涅瓦河畔都不远。

　　圣彼得堡，一座魅力之城，无数文化艺术名人曾在这里流连，
云云的印记，驻存下了他们横空出世的才华，百世流芳。这里
曾涌现过无数为了国家存亡，万死不辞的战士。高耸入云的苏
联红军烈士英雄纪念碑，便是对他们永久的怀念。林林总总的
博物馆亦记载下了这座名城历史的辉煌。

----

① 该文写于 2016 年。

在圣彼得堡逗留的日子里，我常漫步在涅瓦河畔。多情的涅瓦河——圣彼得堡的母亲河曾孕育出了多少经典传世的文化艺术珍品，又曾演绎出了多少爱与恨，悲与欢的人间交响。如今的涅瓦河，水波依旧盈盈。她磷光波动的河水，柔化了整座城市。这流淌了千年的涅瓦河，不仅承载着这座名城过往的惊涛与荣耀，还将永不枯竭，源远流长。

妙哉 ①

　　晨起刚过 7 点，我便走出了酒店，向"骑兵卫队林荫大道"的方向走去，路上行人寥寥。行走在圣彼得堡夏日雨后宁静的清晨，净爽宜人，美感阵阵袭来。

　　涅瓦大街，过了清晨，路上便挤满了来自各方的游人，熙熙攘攘。美感总是在宁静中显现，在喧闹处消失。清晨，我尽情享受着处处袭来的美感。

　　当我走到一十字路口，拿不准"骑兵卫队林荫大道"在哪一方向时，想询问路人，附近只见一龙钟老妇，再不见他人。原不想打扰，也想她可能不懂英文（俄语，我又不行），但实在是无旁人可问，不得已只好上前询问。没想到，她老人家不仅懂英文，发音还很地道。她缓缓地向我指出该行走的方向，礼貌、耐心又准确。她在说话时望着你的眼睛里透着暖意。她虽步履颤颤，从衰老枯萎的躯体里散发出来的却是如此清净又充满活力的气息。

　　走过规整的"骑兵卫队林荫大道"又来到了涅瓦河畔，此时天空云彩美得奇异；两岸景色甚为壮丽。沉浸在清晨的圣彼得堡，感受着这美的人，这美的景，妙哉。

_____

① 该文写于 2016 年。

别样的感触 [1]

现在想 2014 年 4 月初的欧洲之旅，当时的情境依然清晰。
那次欧洲之旅，我遍访游览，观赏到了不少名胜古迹，著名胜景，
如意大利的古罗马遗址、佛罗伦萨皇宫、比萨斜塔、威尼斯水城
及与法国交界的阿尔卑斯山山脉……梵蒂冈的圣彼得大教堂……
法国的凡尔赛宫、卢浮宫、巴黎圣母院、埃菲尔铁塔、塞纳河上
及河畔……瑞士的特拉肯、卢塞恩、蒙特勒、日内瓦等城镇……

此行不但领略到了欧洲那些久负盛名的遗迹遗存、古老宫殿
的堂皇富丽及宫殿里的奇珍异宝、旖旎的自然风光、各具风采的
建筑风貌；还让我有了别样的感触……

乘游船抵达意大利威尼斯水城，水城上坐落着古老辉煌，储
有丰富宝藏的圣马可大教堂。来自世界各地的观光者川流不息。
乘着漆黑的贡多拉小舟在古城狭窄的巷间水道中穿游，你虽能隐
隐感觉得到它当年盛极时的绰约风情，但那满眼斑驳的壁墙，被
岁月磨蚀得累累痕迹，确印证了她古老的沧桑。巷间水道两旁的

---

[1] 该文写于 2015 年。

楼宇已鲜有居住者，罕见生活的气息。这里的无声寂寥与圣马可大教堂广场上哄哄的热闹形成了迥异的别样，鲜明的对照；过度商业化，使这座世界名城，不堪重负；维护措施的缺失，加速了她的衰败；这都昭示了地球万物都在岁月的流逝，时代的推移中演进变迁着，流年的浪潮能淘汰糟粕，洗涤尘埃亦能磨损光华，销蚀精粹；有价值的遗存，必要精心护佑，方可辉映千秋。

法国巴黎之行，乘船游览塞纳河两岸的风光，是必不可少的。塞纳河两岸成荫的梧桐，繁茂的花树，掩映着身后时隐时现的座座别具风格的建筑——皇宫、铁塔、教堂、学院……

塞纳河上架起的座座桥梁，形态各异，令人赞叹。塞纳河两岸的景色，尽显了巴黎诸美的风光。

巴黎逗留数日，便觉，在奢华香艳恣意浪漫彩影下，还有遮蔽不住的贫困与污陋……

瑞士是我欧洲之旅充满对自然美景期待最多的地方，源自多年来从文字、图片及影视中所获得的信息。在瑞士所到之地，几乎处处都有着湖光山色之美；可在湖光山色之美下，还有着历史中，曾隐匿着的，模糊黑白之暗影。

欣赏着眼前的景致，让我不禁想起了西藏、云南……那里的美景不但可与之媲美，甚至还要更美些。她们不但有着瑞士的湖光山色，还有着江南的清婉秀丽。

不知怎么，身在异国近一月的我，竟心心念念起了自己遥远的家园，心念着她悠久璀璨的文明、壮丽秀美的山河、沁入心怀的温暖。

投予挚情

2014年4月底，旅欧返京后，即刻有了游历新疆的意愿，这意愿来得如此强烈，如此迫切。明知，9月夏秋交织之际是喀纳斯最美的季节，绚彩斑斓，但我等不及了，回京即预购了5月15日赴疆的火车票（我是个酷爱乘火车旅行之人）。

我曾满怀深情地游历了雪域藏地、云南边陲、塞北草原、腾格尔沙漠、古老敦煌（只要那里有博物馆，我都会用心观之赏之）……已阅美景、史迹无数，自认见识多多了，然而新疆之博然大美，还是震撼了我。新疆游历的20多天里，我先后去了天山"天池"、那拉提河谷大草原、赛里木湖、吐鲁番、交河古城、天山大峡谷、五彩滩、喀纳斯、博斯腾湖—金沙滩……

天池为高山湖泊，古称"瑶池"。去游天池那日，天气晴好，泛舟湖上，遥望海拔5445米的天山博格达峰，眼见冰川延绵。天池明净，湖岸山峦起伏，云松、冷杉茂林叠叠，峰顶雪痕漫漫，湖边绿草茵茵，境象甚美。

赛里木湖——被赞为"净海"，她位于天山西段的高山盆地中，蒙古族语称其为"赛里木淖尔"，意为"山脊梁上的湖"。赛湖底周边据说布满泉眼，湖域浩大，旷然清冷，远处雪山辉映。

湖边草甸布满鲜花，黄灿灿，紫幽幽；美极。453平方公里的
"天湖净海"镶嵌于山地森林之中，那汪汪一片碧湖，宛若一
颗晶莹巨大的蓝宝石。天与湖之际相融，浩与柔之美相交，极
具幻化之魅，真是万千景态旖旎。西藏、瑞士多有雪山伴湖之
美景，但未曾见大片坡地草甸托着鲜花相伴雪峰湖光之美态；
罕见之美。

乌鲁木齐天山大峡谷，位于天山北坡，峡谷三面环山，处
准噶尔盆地南缘，集山林、盆地、草原、湖泊之景；穿越大峡
谷，时遇险峻之处，高耸陡立的山体被原始雪岭云杉层层覆盖。
雪岭云杉树干笔直挺拔，苍劲葱郁，随山势叠叠，似座座塔林，
巍峨磅礴，呈峡谷奇观。碧翠的山谷草原、奔泻的谷间溪流、
明净的谷底湖泊、浓郁的哈萨克民族风情，都令人陶然。

从乌鲁木齐赴伊宁，路程约240公里，沿途所见景色，左
边似塞外，右边似江南。那拉提河谷大草原，位于伊犁自治州，
那拉提山北坡，海拔2000多米，被称为"空中牧场"的那拉提
大草原是世界四大河谷草原之一。她东南接那拉提高岭，西北
沿巩乃斯河上游谷地段落，倾斜的坡地草甸气势恢宏。形态多姿，
绵延起伏的丘陵坡地，铺满翠绿。春末初夏的河谷草原，已见
黄金莲花初放，叫不出名字的高大山野树木上挂着簇簇白花，
又见河谷清泉，再见峰茂密林，满目尽是苍翠，心已沐浴芬芳。
那拉提是我见过的最美草原，美在草原形态，不仅广袤无际，
还有异彩纷纷。

从乌鲁木齐到西域名城吐鲁番，一路天山山脉随伴，沿途

风光与去那拉提、赛里木湖完全不同。前者时见漫山苍翠，绿草盈盈；后者，眼望大漠戈壁尽显荒凉。途中路经大板城，此处常年劲风不断，周边树木多矮，且树干多是歪着长的。途经火焰山大峡谷，火焰山位于吐鲁番盆地中部，主要由中生代的侏罗、白垩和第三纪的红色沙砾岩和泥岩组成。山体颜色时呈红褐，时呈黑灰，寸草不生；山脚深处，隐匿着绿色沟谷，山体与沟谷之色，极致反差相映；绝妙。

吐鲁番"坎儿井"，是新疆古老的地下引水灌溉工程。"坎儿井"利用地面坡度引取地下水自流灌溉。它由竖井、地下暗渠、地面明渠、涝坝四个部分组成。"坎儿井"与万里长城、南北大运河共称中国古代三大工程。

交河古城位于吐鲁番市以西13公里外，是世界上最大最古老、保存最为完好的生土建筑城市。交河故城遗址被誉为"世界上最完美的废墟"。因城下河水分流而过，故称其为交河古城。城内建筑物大部分是唐代所建，分为寺院、民居、官署等部分。历经数千年风雨侵蚀，世事巨变，古城主体结构依然保存了下来，堪称奇迹（这要得益于吐鲁番地区异常干燥的气候条件）。交河故城，残垣断壁，遥遥之迹，满目古痕。漫漫历史长河中，这废墟之下又深埋了多少说不尽的人间沧桑。

晚乘"北疆之星"火车从伊犁赴北屯，前往喀纳斯。赴喀纳斯途中在五彩滩逗留。五彩滩属阿勒泰地区，在布尔津县境内。五彩滩一河两岸，南北迥异。其南边是我国唯一向西流入哈萨克斯坦至俄罗斯，再至北冰洋的额尔齐斯河，南岸是一派葱茏青翠的河谷风光。北岸，因受猛浪撞击冲刷冲，狂风沙暴侵蚀，形成了悬崖式雅丹地貌，因岩石所含矿物质的不同又演化出，浅褐、明黄、淡紫层层叠叠各异色彩，故名"五彩滩"；纵观南北两岸，天造奇美。

坐落在阿尔泰崇山密林中的湖泊——喀纳斯，蒙古族语，意为"美丽而神秘的湖"。沿喀纳斯河乘车一路向上，时遇阵雨，阵阵瞬间，未碍游兴，逐一邂逅了卧龙滩、月亮湾、神仙湾、圣泉，真是一处一仙境。之后，乘船赏游喀纳斯湖，自是美不胜收。翌日前往"观鱼台"（"鱼"是指传说中的巨湖怪），途中大雨倾盆，车停雨停，幸哉。大雨过后，茫茫云雾之中的喀纳斯，尽显朦幻之态。

"观鱼台"建在海拔 2030 米的哈拉开特顶峰，顶峰与湖面垂直落差有 600 米之多。攀顶时分，云雾散尽，踏过 1068 台阶后，登顶望去，皑皑的现代冰川，雪峰环峙着深幽净澈的湖水；绵亘的坡谷，遍野葱翠，鲜花簇簇；神秘的高地森林，冷杉林、云杉林、红松林、落叶松林、白桦树林，漫山交织。喀纳斯的自然景态，春夏秋冬皆不同，山花烂漫、郁郁葱葱、层林尽染、银装素裹，都是属于她的景色，真可谓一季一景，季季美奂。

博斯腾湖——古称西海，位于天山南坡焉耆盆地的东南部，是中国最大的内陆淡水湖。湖域面积达 1000 多平方公里，浩渺烟波，天水无际，被誉为"西塞明珠"。

清晨，我漫步在博斯腾湖——金沙滩上，满眼尽是大片大片的苇林，高大的黄色苇林下，勃发着初生的嫩绿；高矮黄绿交错，湖光金沙相辉，如诗如画。以往无论是等待黎明的初阳升起，还是企盼傍晚的落日彩霞，金沙滩上总是汇集着熙熙攘攘来自四方的游人；可那日，初阳已升起多时，漫漫的金沙滩上还只有我一人（因当时新疆暴恐案频发，绝大多数人已取消了赴疆行程）。

波光粼粼，森森湖域之畔，弥洒晨光的金沙滩上，我独自流连；一枚清影，让情境有了寂然安谧之态，我醉在了这静幽唯美之中，不禁内心感叹道，美与我真是有缘啊……我悄然伫立，凝望着那浩渺烟波，思往昔之感怀，迎来日之期许；不枉此行。

新疆之游，我再一次投予了挚情……

【捌】

心性与思维——追寻与探索

活泼、灵动、好奇的心性与思维，犹如云朵，又似浪花，美妙而又神奇；；她引来无际的想象与畅望、追寻与探索，她促发创造的灵感，酿就超然的启迪、精神的财富。

现实与真相

几年前在欧洲旅行期间，一日在入住酒店内的电视中看到一档当地新闻报道节目，只见主持人一手握着话筒，一手指着中国上海一处待拆迁棚户区角落，愤愤评说，其意是，在这里生活的人们，有多么悲惨凄苦。他们所谓的现场报道，远离了事实真相，简直是肆意编造。又一日，在当地，国际时事评论节目中，主持人及请来的一位所谓的华裔经济学者，就中国股市一度暴跌现象，分析起中国经济的未来走势。两人情绪亢奋地大肆唱衰着中国经济，似乎中国经济即将走入崩溃的边缘，将一发不可收拾。两人一唱一和，一副幸灾乐祸的模样。看着洋人身边那位所谓的华人学者一副帮腔作势、迎合讨好的嘴脸，我恶心又冒火。他们所谓的分析与评论，他们的歪理邪说，之后被中国经济稳健、高速发展所创造出的令世界瞩目的成就，贸易伙伴遍天下的现实，击得粉碎。

我曾在所谓的民主发达国家留学了几年，在此期间，已大大领教了他们所谓的民主、自由。他们往往会抓住不与他们同道的、不同体制国家中某一阶段出现的问题或突发事件，在他们的电视、报刊、网络等新闻媒介上大肆歪曲渲染、造谣污蔑。这些报道与评论完全不具科学判断、不具理性、不顾事实真相；弥漫充斥着蛊惑人心的一派胡言乱语。亦清楚地看到他们为不与他们同道的、不同体制国家中的反政府人士们提供大量的资金支持，怂恿鼓动，以达到他们背后，真正的不可告人的险恶用心、卑劣目的——妄图颠覆他国政权。他们从不检点自己国家金钱至上的政治基因，以及日益恶化的民生、人权等问题，打着捍卫民主、自由的旗号，处处插手与他们不同道的、不同体制国家之内政，他们为了推翻其政权，外加掠夺其资源甚至不惜动用武力。这都是强权霸道之野蛮行径。动用武力侵犯他国，夺去的是千千万万无辜鲜活的生命；这是丧尽天良之罪恶！生命是最大的人权，最大的人权不可辱，不可欺！一旦动用了武力，伤害的将是大量无辜的生灵，播下的将是仇恨的种子，结下的定是累累的恶果。

各国的问题，理应由各国自行解决。国与国之间的历史发展、进程演变、文化传承、宗教信仰，千差万别；若他国插手其内政，必生谬误祸端。只要是本国人民支持拥护的国家意愿、社会制度、执政党、引领者，就是最适合这个国家人民利益的；理应受到他国的尊重。人民的选择，是最大的自由。有着数千年文化积淀，文明蕴育的中国，深知得民心者，得天下。中国共产党始终坚持人民利益高于一切，这样的执政党必受到人民的拥护和爱戴。

中国人民选择了走社会主义道路，选择了共产党的领导。中国迈向更加繁荣，更将强盛的脚步无可阻挡。这就是中国的现实，历史的真相。

尊重与敬畏

写作人对历史的真实要有起码的敬畏，对历经千百年风云变幻，仍留名史册的大家们及他们的文字应给予起码的尊重。多年来，时不时能见到一些人，在他们写下的文字中充斥着肆意杜撰、不尊历史原貌、不讲行为准则、不忌道德规范之乱象（近两年，此类乱象似乎有所减少）。被他们胡诌出来的东西还写得有鼻子有眼，好似亲眼所见。他们以偏见的眼光、狭隘的格局、极端的意识去调侃、贬损甚至诋毁那些大家的品性及其流传了百千年的著作。他们以极其轻薄的口吻随意调侃着，恶语中伤着还自鸣得意着。以自己所谓的不羁，涂抹了历史沉厚的积淀，松动着一脉相承的历史及文化的传承。

大家们能存留于世的文字是被历代史学家们，一次又一次地阐释、赞赏、推崇过的。在他们的文字中所阐释和表达的哲思与人文情怀曾激励过一代又一代的追梦少年走向文哲的创作与探索之路。

人无完人，瑕疵难免。大家们有的还会因性格使然、情感遭遇、时代因素，在他们起伏不定的生涯中难免会留下了这样或那样的不堪，但他们绝不是叛国者、道德沦丧者，绝大多数是爱国者，是中国文化与哲思的开拓、传承及弘扬者。在他们的著作中难免存在，这样或那样的偏颇，甚至错误，那是因为个人或时代的局限。

敬畏历史，尊重他人，就是敬畏了道德，尊重了自己。要知道，因你们漫不经心或居心叵测，放任地胡编滥贬，不但诋毁了前人，亵渎了历史，还误导了成长者及后来人。文字不仅能传播当下，还能流传世代，不但能影响当下，还能影响后人。故写作人，切勿为了一时的"痛快"而随心所欲；这，不但自毁了名声，还将贻误了后人。

写作人在天马行空，纵然挥洒才思之时，还应多一点自律，多一点严谨，多一点责任，多一点担当才是。

绝不该

近日在某家报纸上，见到一篇小文。这篇好似温情怀旧、略带伤感的小文，通篇充斥着写作者对 20 世纪 30 年代旧上海、她所谓的"优雅"风情、精神特质的迷恋；对当今欣欣向荣、文明发达的上海却暗含着讥讽、睥睨与不屑。

要知道，三十年代的旧上海，是外寇入侵下的孤岛，是洋人与富人花天酒地的天堂；有着铁蹄下歌女的哀号，有着华人与狗不得入内的耻辱；那里还有着战士拼死抵抗外寇抛洒下的热血，那里还掩埋着、为了新中国的诞生、舍生忘死英烈们的忠骨……我只想对她说，你可以迷恋着你的迷恋，但你绝不该，对当今的上海给予讥讽、睥睨与不屑。你若不是心昏，不是眼盲，你应该分得清，你应该看得到，什么是昔日的腐朽与黑暗，什么是今日的繁荣与光明……

我儿时在上海生活了多年，上海给我留下了许多温馨的回忆，我对上海亦有着诸多的眷恋，亦对她充满了感情……可那是解放了的上海，那是国人自己的上海……

赢得明天，赢得未来

北京昨天先下了场大雨，接着又下了场很长时间的大雪；我从小就是个特别爱雪的孩子，长大后，也每年冬天都盼着下雪，可昨天这场雪，却让我有些欢喜不起来了；因它来得太早了，极速的降温，狂风伴着大雪，让我看到了有极端异常天气的阴影。现在极端异常天气，袭扰我们地球村——人类的家园，越来越频繁了。我为人类家园的将来，有些担心了；好在，我们现在已意识到了，气候变暖给人类生存状态带来的危害，并开始有所行动了……

大约六七年前，我曾在《重霾之下》一文中写道："那断断续续了十多天的雾霾，近日显得异常浓重了。看着窗外灰蒙蒙的天空，我好心焦。看来人类对地球无序过度的索欲，终惹怒了老天爷，他动了大气，来惩戒了。遭此重击，这下人类对地球的环境可要真心善待护卫了，否则哪一天老天爷再一狂怒，人类真有可能要遭灭顶之灾啦。这次长时间的重霾像一记重锤，敲响了警钟，惊醒了国人。保护环境、治理污染是摆在国家发展进程中刻不容缓、亟待解决之难题，任重而道远，需国与民携手共治、共勉、共克之。"

让我们可以欣慰的是，在政府一系列有关环境保护的政策法规的制定、执行、监督、引导下，在全民共同的努力下，我国的大气污染状态，已得到了大大的改善，蓝天白云又常常与我们相伴啦。

全球变暖是极端异常天气频发的主要罪魁，极端异常天气的频发，给人类带来了巨大的灾难；只有有效地扼制全球变暖的速度，才能缓解极端异常天气的频发。地球村——人类的家园，需要人类共同护卫，人类的命运需要人类共同把握。中国一直都是全球护卫、把握人类命运，各项重大举措的积极倡导者，坚定捍卫者。

虽然在护卫和把握人类命运的道路上满是坎坷，异常艰难；但为了人类的明天，为了子孙后代，人类只有勠力同心，奋勇前行；方可赢得明天，赢得未来。

愿和平之花在每一片土地上盛开！

　　因连年不断的战争与内乱冲突，许多年前，阿富汗手工艺人就开始在地毯的编织中融入了战争元素，如飞机、坦克、机枪、地雷、手榴弹等等。在不少手工制品的店铺中都可见到这种被称为"战争地毯"在出售，原本应该布满各色美丽图案的整幅地毯上，却布满了战争元素。在有些"战争地毯"上还编织有醒目的"期待国家和平！世界和平！"的字样。就出现"战争地毯"这一现象，央视记者在采访一家出售手工制品店铺的店主时，店主动情地说道："阿富汗无辜的百姓长年被笼罩在战争阴影之下，深受战事不断及内乱冲突之苦，无时无刻不在期盼着自己的国家能早日从战争阴霾和内乱冲突中解脱出来，期盼着能过上和平与安宁的生活，待到那一天真的到来时，'战争地毯'将成为过去，'和平地毯'将迎来新生。这些'战争地毯'上的图案将会由鲜花代替手榴弹，钢笔代替机关枪，青山代替坦克等等其他武器。"但愿这充满诗意的美好表达和一心的期盼，能早一天到来！

　　这么多年来战争与和平始终是萦绕在阿富汗及其他饱受战乱之痛人民心头的主题。他们以编织"战争地毯"及各种独特的方式记录下了历史的印记、战乱之痛的岁月；在铭记历史的同时，亦寄托着战乱之地人民对和平与安宁的深切期盼！

和平本应是人类生存最基本的保障，现在却成了战乱之地人民的奢望；这是人类莫大的悲哀与不幸……让我们共同祈愿世界和平！愿普天下人民共享幸福安宁！愿和平之花在每一片土地上盛开！

伟大的思想

　　思想者，既是勤于思考、善于辨析、乐于畅想者。思想者总能在思考、辨析与畅想中获得新的启示、新的发现、新的希冀。

　　启示能洞开心智，勃发生机；发现能引发寻悟，觅得新知；希冀能畅想未来，永不止步。启示、发现与希冀皆能涵育慧智。故思想者多慧思慧觉。

　　伟大者，必是思想者，必有伟大的思想。伟大的思想源自：恒定执着的崇高信仰、慈爱天下的仁心品格、坚韧不拔的毅勇精神、敢于探索的不懈追寻、日积月累的学养积淀、放眼世界的远见卓识，海纳百川的坦荡胸襟。伟大思想感召着人民，激发了无数的追随者。伟大的思想引领着人民，创造出伟大的时代。伟大的思想，光明的灯塔，辉耀着人类！

智趣加情趣

观看各类棋手对弈，观棋者不仅在观看棋手们对弈时，在棋盘上的布局布阵、落子步法及最终的结局，还在品享着棋手们，或沉着稳健，或飘忽灵动，或大胆果敢，或慎之又慎的迥异棋风；面对胜负难料、瞬息突变棋局时处变不惊，气定神闲的大将风范；连连昏着的步步叹息或妙着频现的步步惊喜……尤其在两位高手博弈时，他们行云流水般的运棋，一子定乾坤的技艺与胆魄；推测预判、眼观六路、纵览全局的脑力与思维及对弈棋手们在博弈中的酣畅与纠结，时而产生的情绪波动与真性情的流露……都让观棋者从中品享到了许多的趣意。观棋者乐此不疲。

但当人类与智能机器人博弈时，那许多趣意荡然。智能机器人战胜人类顶级棋手亦不足为奇，极有可能终将成为必然。

我本人是理工科出身，也从事过多年新品研发工作。对新品的诞生，亦充满着感情，那是我们辛勤工作的智慧结晶。可偏偏对诸如"阿尔法狗"之类机器人的诞生，我却毫无喝彩之心。

在充满了人类智趣加情趣的博弈中，此类智能机器人出现得越多，人类对自我，智趣加情趣的体悟与感受就会变得越少，渐而变得麻木钝滞。为什么要让它们来消减，只有我们人类才能感受体悟到的智趣加情趣，如此妙趣横生的趣味天地呢？

撕书

　　刚刚买回的一本新书，待我从头到尾看完后，即将它撕了个痛快。

　　这本书出自一个大有名气的作家之笔。在这整整一本书中，故事、人物、场景等等，作者写得风生水起、活灵活现，生动得很，真不愧出自名家之手。在整整的一本书中，在生动的文字里，却处处充斥着作者对人生、对世情、对社会的那些狭隘、偏执、阴暗的心理和解读，还有一种说不清、道不明的不洁，给人的感觉就两个字——"晦"与"脏"。

　　虽然明知，我这一撕，丝毫不影响它的流传（文字是有可能流传世代的），但为图个心净，至少未经我的手传出，还是将它撕了个痛快……

漫析孤独

叙利亚诗人阿多尼斯说："孤独是一座花园，又是我向光明攀登的阶梯。"他的语意，我亦有同感。孤独的被动与主动是完全不同的人生体验。被动的孤独，你会觉得寂寞难耐、寒凉凄彻、苦不堪言；然而不随逐低俗繁欲，自主的孤独，那是一种慧者的孤独。这孤独能让你能畅然走进自己的内心，享受到自我精神世界的另一片天地。只有静下心来，才能给自己的内心多一点无羁的空间，多一点感受生命喜悦的心境。

有着内心巨大热情与渴求支撑的你，孤独的静思，让你不断探寻发觉到生命的内在，聆听心灵的呼唤，萌发慧思慧觉；让你更加深切地感受到了生命的本真。心灵的呼唤，唤起了你内心更多的温柔与爱意，心便能敏透地感悟到世间的真善美；聒噪的喧闹只能扼消纯美的情感。被静思怡养的心田，方能获得顿觉的快悦。唐代大诗人杜甫的"静者心多妙，飘然思不群"便道出了其中的奥妙。在孤独静思中，你习得了心性的修炼。心性的修炼，不但能丰沛你的才思，还能弥护你的容颜。心若被物欲繁念塞满，就没有了灵慧敏觉的空间。远离了嚣嚣尘上的霓虹，你便有了更多独处的时光。沉潜于宁静中的你，才能体会到更多内心的真切，才能走向更加高远明彻的精神世界。

　　心灵因高贵而孤独，又因沉潜而飞扬。不惧"孤"者多"骄傲"，骄的是自持，傲的是风骨。自主的孤独是旷达静远的，没有无助与悲戚，只有心灵的满足。心灵的满足绝不是飞黄腾达、富可匹国所能比拟的，它没有任何的牵强、迂腐、不义及潜在的祸端。心灵的满足，积蓄着你心智的能量，丰润着你的内心世界，调整着你的生命状态……积蓄心智的能量，在内心铺就起明慧通达之道，让生命迸发出放然的华彩，尽享生命赋予你的，最为珍贵、最为动人的美妙……

浅释隐者

隐者之隐，各有缘由。隐者中有为个体之因，受情物所困，挣脱而隐，其心甚茫；有为社会大因，避恶抑邪，决然而隐，其心甚明；亦有自认看破红尘，放下世情，欲逃俗界，其心甚逸；还有等等之因、之态、之状。为社会大因，归隐者中又不乏明智慧心，才情横溢，撰书立学之名士，愈引发人们探究之兴致。

因天性使然，自有一点"隐"之情结，故在不经意间便对"隐者"的生存形态及心境多了几分思索与寻究。

才智甚高，且具盛名之士，倘若身处黑弊暗世，当政者无道，又欲将其揽之麾下，为之保驾效力。若他们选择了出仕晋爵之途与时弊同流合污，依附了便有望攀得高位，揽得重权，尽享荣华。而他们未听命顺从，随污进浊，却以避世之态抵御黑暗，承受着执政者的不容与沉压。他们才智非凡，情怀高远，傲然于世。他们所具备的品质，有着大善的准则，大美的意境，罕而优。他们是社会中向正德、向善美的积极因子。这样醒世独立的隐者，可谓勇士，千古流芳。倘若他们生活在一个昌明之世，以他们的高品卓才，谁又能说，他们不会在治国理政或文哲之域有一番大作为，成为国之栋梁呢？

再言，倘若具备真才卓识之人，又处在社会正向有序的变革发展进程中，从政者及社会中难免有弊端陋习，为满足所谓自我品性的高洁，便拂袖隐去了。我以为，他们纵使再才华横溢，再身洁品高，这一"隐"便成了社会发展的消极因子。他们虽满足了自身的精神灵欲之需求，却放下了对家国应有的责任与担当。他们所谓独立人格的骨子里过于自我了。这类隐者，他们选择遗世独立的生活形态，虽不便指责，但缺乏了大爱，让人惜之，不值过赞。极可能他们若未隐，其卓识才华也未能得以尽展，但只要行之了，就有憾而无愧了。倘若，没有那些献身社会的高卓之人，又何谈社会的进步与发展？世间既有隐之名士，却也不乏忘我之大家，他们才是真正值得我们敬赞的。孔子曾曰："古之士者，国有道则尽忠以辅之，国无道则退身以避之。"此言极是，选择"归隐"与"入世"，我以为，绝不能随一己私愿而定之。我们现正处在复兴中华，变革发展的关键时期，正是需要卓越的有识之士，奉献其才智，贡献其心力，勇于创造践行的时代，若选择了归隐、逍遥，那不是大道。

再多言，那些身在权位之中，却有"意隐"之为的人，则应唾之弃之。这等人士，他们将会在"意"中逍遥，"行"中敷衍，确实成了社会发展的阻力因子。隐者中亦有那些有点小才情，不愿随世俗，遵规界，舍得下世间情与责，乐得自我逍遥之隐者。这般逍遥，那可不是乐意者即能为之的，更何况逍遥之中不可能尽是逸乐，必有苦衷，还有等等之因、之态、之状，不一一赘述。

总而言之，隐者均为避世之人，历代皆有，形态种种，释解亦种种。如白居易的"大隐隐于朝，中隐隐于市，小隐隐于野"之解，广为人知；另有"彻隐""约隐""意隐"等。隐者群体庞杂，个体差异甚大，其社会属性确难以界定。

心性与思维
——追寻与探索

　　活泼、灵动、好奇的心性与思维，犹如天上自由飘浮的云朵，无拘妙曼，灵动得无边无际，溢满了美感；又似大海奔腾翻卷的浪花，一往无前，挥洒得尽情肆意，充满了力量。这活泼、灵动、好奇的心性与思维，犹如云朵，又似浪花，美妙而又神奇；她引来无际的想象与畅望，追寻与探索，她促发创造的灵感，酿就超然的启迪、精神的财富。

大智之简

　　大智之简，简得不乏风骨，不是丢失尊严；简得不乏情趣，不是呆头呆脑；简得心怡安然，不是不管不顾。简而不愚，简而不钝，通透聪灵，慧敏有之。简掉的是杂俗贪念，而不是责任担当。只有这样，你才能具慧达之心怀，拥精神之丰盈。

　　大智之简，看得开，放得下。看开，放下并不等于不负责任，不等于漠不关心；而是要看开无谓烦恼的纠缠，放下过分欲望的吞噬。狭隘的胸襟，贪婪的欲求，终将引你坠入深暗的壑底。看得开，放得下，也要在该出手时，一定要出手；该关怀时，一定要关怀；该担当时，一定要担当。人不能活得太自私了。只有这样，你才能放得安心，看得大度；也才能真正享受到放下、看开后，豁然开朗的简淡怡然。

　　人这辈子要善待自己、善待他人、要持守善待生命的生活原则。人生不是所有人事之间的情仇怨恨、曲直对错都能以一个宽容就化解得了的，实在无法宽容，也无力化解的，千万不要较劲，一定要放下，还要放得果决彻底。决不能让丑陋和不义再继续纷扰你的心境，侵害你的肌体。决不要活在卑污的阴影中，只有走进阳光的你，才能多一点明朗的心境，增添一份肌体的活力。事

事有利弊，得失总相宜。人生在这里加于你不幸，将定在那里给予你惠顾。

悟觉了大智之简，你便能在这个没有绝对幸福的人生中，获得一颗善于寻求快乐的心，一份生活的从容。

幸福

何谓"幸福",从古至今已被人们说了再说,不仅有了不少精辟的释解,处处雷同的亦不少。可我还是想再啰唆一下,再浅说几句。

19世纪,德国大哲学家叔本华对幸福就有过很好的诠释。他说:"人格所具备的一切特质是人的幸福与快乐最根本和直接的因素。"又说:"幸福系于人的精神,精神的好坏又与健康息息相关。"还说:"健康是成就人类幸福最重要的成分。"我极赞同。人格、精神与健康是成就幸福最最关键的三要素。若健康不在,便不能奢谈幸福;人格维系印证着精神,精神保驾护卫着健康。精神、人格、健康相维相系着幸福。

物质的享受,也能带来一些幸福感,但那幸福感不会持久,也不弥坚,甚至是很脆弱的。任何精神上的打击和挫败都可将那由物质带来的幸福感,击溃得片甲不留。因为那幸福没有精神的支撑是虚浮的,所以不堪一击。能够让幸福柔韧且绵长的关键不是财富的积累,而是精神的愉悦。

精神的愉悦来自心灵的慰藉与满足。心灵的慰藉与满足,你可从净静之中培酿出的诗意生活中获得；亦可从予人玫瑰，手有余香中获得；更可从报效国家造福人民的大情怀中获得。

　　精神愉悦，幸福长在。

生命之河

　　将记忆的溪流汇入人生的长河，这长河承载了人生的悲欢、激越的波荡起伏，便成了生命之河。汇集了无数溪流的河水，深沉而阔然。

　　生命之河在悲鸣、欢腾、激荡中奔向了浩瀚无际的大海。个体生命终将了结，而融入大海之中的生命之河，将永动而不息。

〔玖〕

细语心声

*人们常说"心安是福"，没错；但，只有爱了该爱的，憎了该憎的，关切了该关切的，付出了该付出的，才能心安得踏实。

*能从一桩桩，一件件看似普通的不起眼的小事中，从那点点淳朴的善良、那默默用心的施惠、那小小执持的自尊、那丝丝轻柔的抚慰，那嘻嘻打趣的诙谐中，看到种种的可爱，满眼尽见可爱之人，确确是真真的可爱之人。

*"一蓑一笠一扁舟，一丈丝纶一寸钩；一曲高歌一樽酒，一人独钓一江秋。"——王世祯（清代）。我觉，诗中九个一，用得妙极，妙出了静谧的情境，妙出了超然的心境，妙出了一点浪漫与豪放……我想，诗人是个真正体味到了，独处之妙的人。

*胡适曾由杨绛先生的两位姑母和一位女校长陪同，骑驴去苏州城墙边游玩了一趟。杨绛先生那时没能陪同前往。她非常遗憾地说了这样一句颇有趣的话："我实在很想看看胡适骑驴。"

好可爱！真正的文化大家，是那些既有悲天悯人之心，又知人间小趣，懂得幽默的人。

* 他是个公园里的领舞者。五十开外，身形匀称的他，畅舞着，韵感十足。大汗淋漓的他，身后有几十人欢快地随其共舞。从他畅扬的舞姿、盈笑的脸上，看得出，"舞"是他真正源自内心的喜爱。看得出，他很享受这份简单的快乐。能寻得一份简单的快乐，并能尽情地享受着它的人，是幸福的。

* 有时只是那么一点点的疏忽，就可能酿成大大的错，甚至引来灾祸。有时就是差那么一点点的努力、那么一点点的坚持、那么一点点的用心，你就有可能会与成功失之交臂，与幸运擦肩而过，与心心之交差之千里……看来，可真不能小瞧了这"那么一点点"。

* 要见人心的深处，顺畅欢愉时难见，艰困危难时方知；在世情中被触动得有多深，悟到的就有多透；获取的浮华终将散尽，觅得的真诚永存于心。

* 清寂静谧之境，虽似悄无声息，却能让人听到，深潜心底的心音……身处清寂静谧之境，尤能吟出幽远空灵的诗句。

*性情中人，亦是真性情人，他们天生率直，不避讳彰显个性；重情趣相投，淡世俗功利……

*经历了岁月，悟了，原本的失意，有可能成为日后意外的收获；将不幸化为有幸。人生无常，却常如此。

*人切勿为表面的虚荣而活着。否则，倒霉的个中滋味只有自己受着了；若就这样一受到死都没能明白，岂不哀哉。

*在有限的人生之年，要尽可能多地亲近自然，感受生命的赋予；在生活中寻找更多纯粹的乐趣、诗意和美感；在天地山水之间体验万物之性、之情、之灵。你会在寻找、感受和体验中时时收获感动，感动是一种很美的心灵体验。

*勤勉、正向的哲学思考；能使你心胸更加豁达一些，心智更加明慧一些、心地更加清宁一些；你的人生便能更加从容一些……

*内心有着巨大的热情，支撑起了一个看似清孤，但绝不寂寞的灵魂；不依赖任何他人、外物，只依赖自己内心的力量，这是最坚实持恒的力量。

＊不畏艰难与孤寂，一路跋涉远行，一路探索寻悟，将生命融于天地万物之间，吸纳着天地万物之灵气，被涵养了的心性，澄澈灵慧、敏透通达。

＊专注力、想象力、好奇心都有助提升你的理解力、思考力、探索力，让你更具创造力。

＊物质太多，反而会成为心灵之赘，羁绊住飞扬的美感，湮灭生活中无处不在的诗情画意。人们啊，切勿被物欲所奴役了，奢侈的欲望永远无法达成精神的激扬、内心的欢愉。今天的我们已失缺了太多质朴的心境，情致的美感……

＊将曾有过的情谊、挂念、怀想默默地留守在心的底潭。许久许久之后，那将会成为心底之泉，汩溢欣甜。

＊在即将步入人生的尽头，在反观自己的一生、回味生命曾给予自己的一切时，依然甘愿奉献自己对生命终极的爱意；让本不可完满的人生，有了一个完满的告别……

＊心旷是福之生地，心狭是祸之根由；只有心苏醒了，人生才能放然。

＊心智高妙之人，自能心生愉悦。他们能在常人不解，亦难以抵达的思界中寻得内心的无穷乐趣；且趣源不竭。故他们不喜凑群，在独处中自得其乐。

＊慧智纯粹的心灵，是人生畅快昂然的源泉；慧智纯粹的心灵再得以升华，便会达及契天地之合，感万物之灵的人生大状态。